新 潮 文 庫

剣客商売番外編

ないしょ ないしょ

池波正太郎著

目次

剣客商売番外編

ないしょ　ないしょ

汗

一

その年の夏は、日照りつづきの暑さがつづきにつづいた。

越後《えちご》（新潟県）新発田《しばた》の城下町では、

「こんなに暑い夏は、わしが生まれて、はじめてのことだ」

とか、

「夏が、こんなに暑いときは、きっと天変地異が起るものだ。気をつけよう、気をつけよう」

古老たちが、声をひそめてささやき合っていたのを、お福は覚えている。

天変地異は起らなかったけれども、お福の身に、突然、おもいもかけなかった人為の異変が襲ったのは、この夏の、或夜《あるよ》のことであった。

気がついたときには、台所に接した自分の寝部屋へ引き摺《ず》り込まれ、手足の自由を奪われていた。

男の……いや、主人の神谷《かみや》弥十郎《やじゅうろう》は六尺ゆたかの大男であった。その躰《からだ》は剣術の修業で鍛えぬかれている。

弥十郎のたくましい躰に押え込まれて、十六歳の小娘にすぎなかったお福は、抵抗の仕様がなかった。

十六にしても小柄《こがら》な、痩《や》せこけたお福の躰から衣類を毟《むし》り取って、神谷弥十郎は嬲《なぶ》りつくしたのである。

躰をつらぬく激痛と、弥十郎の顔から滴《したた》り落ちる汗が気味悪く、男と女がするあの、ことが、このように苦痛をともなうものだとは知らなかった。

(こ、こんなことで、子供《やや》が生まれるなんて、ほんとうなのか……?)

とても、信じられなかった。

当時は、十六で母親になることも、めずらしいことではなく、お福も、村の友だちが、両親の夜の生態を聞かせてくれたりして、凡《およ》そのことはわきまえていたが、男というのが、あれほどに凄《すさ》まじい生きものだとは、おもいおよばなかった。

お福の両親は亡《な》くなっていた。

(このまま、殺されてしまうのではないか……)

と、感じたが、

「ううむ……」

唸《うな》り声を発して、神谷弥十郎の躰がはなれたときには、

(生きていた、生きていた……)

そのよろこびのほうが、凌辱《りようじよく》の苦痛より強かった。

弥十郎は、丸裸のお福を其処《そこ》へ残し、物もいわずに道場の方へ去って行った。

お福は井戸端へ出て、気が狂ったように水を浴びた。

この家の奉公人は、お福のほかに、老いた下男の五平《ごへい》がいるきりで、この夜、神谷弥十郎は、五平を何処《どこ》かへ使いに出しておいて、突然、台所へあらわれたのである。

「畜生、畜生……」

主人の弥十郎へ、呪《のろ》いの言葉を吐きつづけながら、お福は何杯も水をかぶった。

(こんな家、出て行ってしまいたい)

おもったが、行先もない身の上だし、そもそも、お福は、金で買われての下女奉公なのだ。嫌《いや》でも何でも、これから五年間は此処《ここ》で働かねばならない。

お福は、新発田城下の南、半里ほどのところにある簑口《みのくち》村の百姓・市蔵《いちぞう》の子に生まれた。

母のなおは、お福が十歳の夏に、労咳《ろうがい》(いまの肺結核)を病んで死んだ。

以後、父の市蔵は独り身で、お福を育てて来たわけだが、そのうちに妙な咳《せき》が出る

ようになり、躰が瘦せ細って来た。おそらく、亡妻なおの病気が感染していたものであろう。

当時、労咳は死病であって、しかも貧しい百姓の家では手当もとどかぬ。市蔵は三年も病気と闘ってから死んだ。

こんなぐあいだから、ろくに働けず、借金ばかり増え、市蔵が死ぬと、小さな家も、わずかな田畑も人手にわたってしまった。

幽鬼のように瘦せおとろえた市蔵が、お福の顔を凝《じつ》と見て、

「ああ、かわいそうに……お福よ。これから先の、お前の苦労が眼《め》に見えるような気がしてならねえ。かわいそうに、かわいそうに……」

両眼に泪《なみだ》をためて、呻《うめ》くがごとくに、そういった声が、いまだに、お福の耳へこびりついている。

それが、今年の春であった。

お福の両親も、不幸な境遇に生まれ育ったらしく、実家は双方とも出羽《でわ》の国（山形県）の羽黒山の麓《ふもと》にあったそうだが、父親が生前、お福に、

「いまはもう、みんな散り散りになってしまい、その行方すらもわからねえ」

と、いうほどなのだから、どうしようもない。

ひとり娘に〔お福〕の名をあたえたのも、せめて、この娘だけは、人並な幸福をつ

かんでほしいという願いがあったからだ。

お福は、村の人の世話で、神谷弥十郎の許《もと》へ奉公に出た。どんな条件なのか、お福にはわからなかったが、少女なのに病気の父親の面倒はよく見るし、炊事の仕度も一人前の女のようにできるということは、村のだれもが知っていた。

一方、独身の神谷弥十郎は、家事ができる女中をもとめていたので、双方の間に、何人もの人が入り、奉公がきまったのだ。弥十郎は去年の秋に、妻を病気で失なっていた。

神谷弥十郎は、一刀流の剣客《けんかく》である。

越後・新発田は、かの赤穂《あこう》浪士のひとりでもあり、高田の馬場の決闘で一躍、有名になった堀部《ほりべ》安兵衛《やすべえ》の出生地だ。安兵衛が有名になってからは武芸がさかんとなり、藩の武芸指南役のほかにも、三人の剣客が道場をかまえてい、神谷弥十郎もそのうちのひとりであった。

弥十郎は、出羽の鶴岡《つるおか》の出身だという。

年齢は、この年（明和六年・西暦一七六九年）で、三十五歳になる。

背丈が高く、裸になると、すばらしい筋骨で、体毛が濃い。無口だ。一日中、一言も口をきかぬことがある。新発田藩から手当を受けているし、二十名ほどの藩士が道場へ稽古《けいこ》に来ていた。

弥十郎の稽古は激しく、情《なさけ》容赦なく、門人を木太刀で打ち据《す》える。だから、評判はよくない。

下男の五平が、いつだったか、お福にこんなことをいった。

「うちの旦那《だんな》は、手かげんということを知らねえ。世の中も、侍がたの様子も変って来ているというのに、あんな稽古をしていたんでは、門人衆が減るばかりだわい」

お福は、水を汲《く》みに出たついでに、道場をのぞいたことがあった。

鼻血を出して、ふらふらになっている若い門人を、神谷弥十郎が、

「さあ、もっと来い、もっと来い!!」

わめきながら、打ち据え、叩《たた》きなぐっているさまが、お福の眼には悪鬼そのもので、肝をつぶしたことがある。

食事などの給仕は五平がしてくれるし、お福が弥十郎と顔を合わせることは滅多になかった。でも、ときたま、庭へあらわれた弥十郎と顔を合わせて、おずおずとお福が頭を下げたりすると、

「うむ!!」

じろりと底光りのする眼を向け、顎《あご》を引くようにうなずいて見せる神谷弥十郎が怖かった。

怖いというよりは、気味が悪かった。

二

その翌々日、夕餉《ゆうげ》がすむと、下男の五平が弥十郎《やじゅうろう》から命じられて、何処かへ使いに出て行った。

お福は息をころしながら、台所の後始末をした。

神谷《かみや》弥十郎の道場（兼）住居《すまい》は、城下の西、四ノ町の外れにある周円寺《しゅうえんじ》という寺の裏側にあった。この一角には寺が多く、日中でも物さびしい。

道場といっても、民家を改造したものだし、住居も台所や湯殿は別として、二間きりの簡素なものだ。

（早く……早く、五平さん、帰って来ておくれよう）

それぱかりをたのみに、灯《あか》りを消した自分の部屋にうずくまり、お福はふるえていた。

たまりかねて立ちあがり、お福は台所の戸に戸締りをした。

戸締りをして、自分の寝部屋へもどるか、もどらぬかに、戸の外で人の気配がした。

「おい……おい」

弥十郎の声であった。

お福は息をひそめ、こたえなかった。
二、三度、戸を開けようとしていたが、弥十郎は、いきなり、外から戸を蹴破《けやぶ》った。
戸といっても頑丈《がんじょう》なものではない。弥十郎の膂力《りょりょく》にかかっては、ひとたまりもなかった。

戸口に立ちはだかった神谷弥十郎は、下帯《したおび》一つの裸体だった。

こちらをすかし見ているようだったが、やがて入って来た。

風も絶えて、今夜も蒸し暑い。

弥十郎が台所の土間を横切り、お福の寝部屋に近づいて来た。

寝部屋といっても、長四畳ほどの板張りで、戸はない。

下男の五平の部屋は、道場と住居の間にある。

お福の五体は、冷めたい汗に濡《ぬ》れていた。

弥十郎が近寄って来て、その躰《からだ》を包んでいる寝間着を毟《むし》り取り、お福の薄い乳房をつかんだ。

「いや。いやです、いやです」

夢中で叫んだつもりだが、声にならなかった。

弥十郎の、ふとい鼻にも汗が浮いていた。

「こやつ、なぜに、戸を締めた？」

「あの……あの……」

野獣のように、弥十郎が襲いかかって来た。

お福は、まったく無力であった。防ぐ術《すべ》も知らない。

この夜も、前々夜と同じ苦痛があっただけだ。

この前のときよりも出血がひどく、お福は弥十郎が去った後で、泣きながら寝部屋にこぼれた血の始末をした。それから、井戸水を何杯も浴びた。

「畜生。鬼!!」

憎しみをこめて、お福は胸の内に叫んだ。

岩のような弥十郎の躰に押しつぶされていたので、躰の節々《ふしぶし》が痛む。

蒲団《ふとん》へもぐり込み、お福は泣けるだけ泣いた。

「これから先の、お前の苦労が眼に見えるような気がする」

と、死んだ父親がいってから、まだ半年も経《た》たぬうちに、こんな苦痛を忍ばなくてはならないのかとおもうと、くやし泪《なみだ》がとまらなかった。

下女奉公はしても、こんなことまでさせられるおぼえはない。

翌日になって、下男の五平がお福を見る眼つきに、同情とあわれみがただよっていた。

（五平さんは、旦那《だんな》のしていなさることを知っている……）

そうおもうと、はずかしさで、居たたまれない気がした。

この夜は、何事もなかった。

つぎの夜も、五平は使いに出ず、したがって、神谷弥十郎は台所へあらわれなかった。

こうして、三日、四日ほどは事なく過ぎた。

だが、夜になると、お福は不安と恐怖で、よく眠れなかった。

食も細くなり、酷暑の毎日が、ひどく疲れた。

戸締りをしても、弥十郎は入って来る。

いくら考えてみても、逃げて行く場所はない。

その日の夕餉がすむと、五平が台所へ来て、こういった。

「お福。これから、旦那のお使いに行って来る」

お福の動悸《どうき》が激しくなった。

五平は、何かいおうとして、言葉が見つからぬ様子であったが、ややあって、お福の傍《そば》へ寄って来ると、微《かす》かにふるえる声で、

「お福よ」

よびかけてきた。

「あい」

「辛《つら》いことは、いつまでも、つづくものではねえ」

「…………」

「いまのところは、辛抱しろ」

「…………」

辛抱しろといわれても、これから先、あのようなことがつづいて、もしも、身ごもったら、どうしようとおもった。

弥十郎が自分にしている行為によって、その危険は充分にあることを、お福はわきまえている。

もし、そうなったら、心身の苦痛は層倍のものとなる。弥十郎は、いや、男というものは、そんなことを少しも考えずに、あのようなまねをするのだろうか。それとも、弥十郎だけが異常なのであろうか。

五平が出て行くと、間もなく、神谷弥十郎があらわれた。

今夜も懸命に戸締りをしておいたのだが、わけもなく蹴破られた。はじめは、どうやら我慢をした弥十郎も、今夜は癇《かん》にさわったらしく、

「おのれ、小癪《こしやく》な」

駆け寄って来たかとおもうと、お福の顔をなぐりつけた。

「あっ……」

たまったものではない。

お福は、気を失なってしまった。

お福の鼻から、おびただしい血がふき出してきた。

暗い台所で、弥十郎は、それに気づいたか、どうか……。

この夜の弥十郎は、狂暴だった。

か細い、お福の躰の上で荒れ狂った。

弥十郎が立ち去った後、しばらくは起きあがれないほどで、躰がどうかなってしまったのではないかという不安に、お福は怯《おび》えた。

そうして水を浴びることも忘れ、泣いて泣いて、泣き寝入りに眠ってしまった。

翌朝、暗いうちに目ざめ、汗まみれ、血まみれの躰を洗うため、お福は湯を沸かした。躰の其処此処《そこここ》に、痣《あざ》がついている。せまい寝部屋で、弥十郎に犯されている最中《さなか》に、柱や、床板に打《ぶ》つけたものであろうか。

「痛《いて》、て、てて……」

呻《うめ》きながら、お福は盥《たらい》に湯を移そうとして前屈《まえかが》みになった。

と……。

何を見つけたものか、お福は、その場に屈み込んだまま、眼を見ひらいて、うごこうともしなくなった。

土間には、鼠《ねずみ》の糞《ふん》が落ちているだけである。

朝の光が、台所へ差し込んで来た。

お福は、朝餉《あさげ》の仕度に取りかかった。

味噌汁《みそしる》に漬物《つけもの》、ときには、それに一品《ひとしな》つける程度で、神谷弥十郎の食膳《しょくぜん》は、まことに簡素だが、お福は、家にいたとき、熱い味噌汁さえ、毎朝、口にするようなことはなかった。

ことに母親が死んでからの暮しはひどくなる一方で、食生活に関しては、神谷家へ来てからのほうが、ずっとよかったのである。

弥十郎の朝餉の膳を取りに、台所へあらわれた五平が、

「………？」

妙な顔をした。

昨夜は、また、ひどい目にあったのだろうが、今朝のお福の口もとに、薄い笑いが浮いていたからだ。

五平には、その薄笑いが、ちょっと口に言いつくせぬ、微妙なものをふくんでいるように感じられた。

三

神谷《かみや》弥十郎《やじゆうろう》は、朝の味噌汁《みそしる》を二杯か三杯、お代りをする。

弥十郎の味噌汁は、別の鍋《なべ》へ移したものを五平が運んで行って、台所へもどり、お福と食事をするのだ。

「お福」

「あい」

「旦那《だんな》がな、今朝の味噌汁は妙な味がする。味噌が腐っているのではないかと、そういっていた」

五平が告げると、お福が上眼づかいに五平を見て、

「ふ、ふふ……」

異様な、ふくみ笑いをした。

お福の両眼は細められていたが、白く光っていた。

(旦那に乱暴されて、気が狂った……)

とっさに五平は、そうおもった。

何となく、背すじが寒くなった。

「これ、お福……」

「腐った味噌なんか、つかわない。嘘《うそ》だとおもうなら、五平さん、味をみてごらん」

弥十郎は、鍋を空《から》にしていた。

お福が、自分と五平のための味噌汁を椀《わん》に入れ、

「さ、味みてごらん」

「どれ」

熱い味噌汁を啜《すす》ってみたが、いつものとおりだ。

「ね、五平さん。ちっとも変なことないだろう。旦那が、どうかしていなさる。ほら、今朝も、こんなに鍋を空にしちまってよう」

そういうとお福は、さも、うれしげにけたけたと笑い出した。

五平は、お福がこの家へ来てから、お福の笑顔を見たことがない。いま、はじめて見たわけだ。

「どうした？　何がおかしい？」

「いいんだよう、いいんだよう」

「だってお前、何だか気味が悪い」

五平とお福は、いつものように台所で、朝餉《あさげ》をすませた。

翌朝、神谷弥十郎が味噌汁を啜って、くびをかしげたので、五平が、

「旦那さま。味噌汁が、どうかしましたか？」

「どうも、妙だ」

「私は、昨日の朝、お福と同じものをいただきましたが、別にどうといって変った味はいたしませぬでございました」

「ふうん」

それでも弥十郎は、味噌汁のお代りを一度だけした。

「お福。今朝も、旦那が味噌汁の味が変だといっていなすった」

台所へもどって五平が告げるや、お福はむっつりと黙り込んでしまった。

五平が自分たちの鍋の味噌汁を啜ってみて、

「何ともねえのう」

「おかしいのは、旦那のほうだよ」

「うむ」

その翌朝は、弥十郎が二度、味噌汁のお代りをした。

「旦那さま。いかがなもので？」

「味噌汁か？」

「はい」

「今朝は、もとにもどった。お福にそういっておけい。おれが好物の、朝の味噌汁は心してつくれ、となー」

「へい。そのようにつたえますでございます」

台所へもどった五平へ、

「旦那、今朝は何ともいわなかったろう?」

お福のほうから、声をかけた。

「だけどよ。お前も、気をつけてつくらねえといけねえ」

お福は、素直にうなずいた。

そして、この夜も更《ふ》けてから、弥十郎は五平を使いにも出さず、台所へあらわれた。五平に命じる、使いの種もつきたのであろう。

この夜のお福は、細い手足を突張り、弥十郎に反抗したので、またも、なぐりつけられ、例のごとく凌辱《りょうじょく》された。

その翌朝。

膳《ぜん》に向った神谷弥十郎は、味噌汁を一口、啜ったのみで、お代りをしなかった。五平が尋ねると、苦く笑い、漬物だけで飯をすませた。

道場では、門人たちの稽古《けいこ》がはじまり、気合声が飛び交い、木太刀を打ち合う音がわき起っている。

弥十郎は押し黙ったまま、道場へ出て行った。

その弥十郎の様子を、五平はお福につたえて、

「どれ、念のため、旦那のほうの味をみてみよう」

鍋へ手をかけると、お福が、いきなり弥十郎の味噌汁の残りが入っている鍋を叩《たた》き落した。

「何をする？」

「……………」

「やっぱり、われは何か悪い事をしていたのだな？」

「していない、していない」

「ならば、どうして、そんなまねをする？　いえ。いえ」

「……………」

お福は歯を喰《く》いしばり、強情に、こたえようとはせぬ。

「もしも、お前が悪いことをしていたら、うちの旦那のことだ。許してはくれねえぞ」

お福は眼《め》を伏せた。

五平は、何もわからなかった。不可解のままに、打ち捨てておくより仕方がなかった。

数日後の夜、またしても、五平を使いに出さぬままで、神谷弥十郎が台所へあらわ

れた。

お福は、必死に抵抗した。

その抵抗したぶんだけ、弥十郎の暴力が増大した。

それにしても、この夜の弥十郎は、胸にたまった鬱憤《うつぷん》を吐き出すようなところがあり、お福の躰《からだ》へあたえる凌辱も、いつになく執拗《しつよう》であった。

弥十郎は、唸《うな》り声を発し、いつまでも離れようとはせぬ。

歯を喰いしばり、お福は、台所の窓から見える赤い月をながめた。

後から後から、くやし泪《なみだ》があふれてくる。

弥十郎が躰を叩きつけるたびに、二人の汗が飛び散った。

四

翌朝、いつものように、お福は朝餉《あさげ》の仕度にかかった。

味噌《みそ》汁《しる》の実は、葱《ねぎ》である。それも煮すぎてはいけない。それが弥十郎《やじゆうろう》の好みであった。

大鍋《おおなべ》から、弥十郎用の鍋へ汁を移し、火に掛けておいて、お福はあたりに眼を配った。だれもいない。

お福の手が目の前の、小さな壺《つぼ》へかかった。

壺の蓋《ふた》を取り、お福は、壺の中から、黒い豆のようなものを出し、俎板《まないた》の上へ置いた。

豆ではない。

ひからびた、鼠《ねずみ》の糞《ふん》であった。

また、お福が、あたりの気配をうかがった。

だれも見ていないのをたしかめるや、鯵切庖丁《あじきりぼうちょう》をつかみ、持ち直して、素早く鼠の糞を細かに切った。

このとき、音もなく、神谷《かみや》弥十郎が身を屈《かが》め、窓の下へ近寄っていたことを、お福は気づいていない。

お福が、刻んだ鼠の糞を、主人用の味噌汁の鍋へ入れたとき、ぬっと神谷弥十郎が腰を上げ、窓へ顔を出した。

人の気配に鍋から顔をあげたお福が、

「ひえっ……」

叫ぶや、鍋を払い落した。

「見たぞ」

と、弥十郎がいった。

「おのれ、そんなものを、おれの口へ入れていたのか」

窓の外から弥十郎が腕を伸ばし、鼠の糞が入った壺を手にした。

お福は、棒立ちになったまま、うごこうともせぬ。いや、あまりの衝撃と恐怖に足が竦《すく》み、うごけないのだ。

壺の蓋を開け、中を覗《のぞ》き込んだ神谷弥十郎が顔を顰《しか》めた。

「おのれ、よくも……」

弥十郎の声が、怒りにふるえている。

白く光った両眼が、ひたと、お福を睨《にら》みつけていた。

「ごめんなさい、ごめんなさい」

あやまったつもりだが、声にならなかった。

周円寺から、朝の読経《どきよう》の声が、きこえている。

(殺される。でも、仕方がない。このまま、生きていたって仕様がない……)

このことであった。

面《おもて》を伏せたまま、お福は、その場へ崩れ倒れた。気を失なったのである。

「おい、しっかりしろ。お福、お福……」

水をお福の顔にかけながら五平の呼びかける声に、お福は気がついた。

「おう、気がついたな。一体、どうしたのだ、お福」

「………」

「どうした? 何があったのだ?」

「何でもない、何でも……」

「旦那《だんな》が待っていなさる。朝の仕度を……」

「うん」

気がついてからのお福は、自分でもおどろくほど、手も足もよくうごいた。

主人用の鍋を手早く洗い、味噌汁を移し、火に掛ける。葱を太目に切る。沸騰《ふっとう》した汁の中へ入れる。

仕度の出来た膳《ぜん》を、五平が弥十郎の居間へ運んで行った。

弥十郎は待っていて、すぐさま、食事に取りかかった。いつもと少しも変らぬように、五平には見えた。

「お福は、どうしている?」

「へえ、台所におります」

「ふむ」

「また、味噌汁の味が?」

「いや、今朝はよい」

弥十郎がにやりとして、

「小娘が、肝のふといまねをする」

つぶやいたのが、五平の耳へよく届かなかった。

「へ？」

「いや、こちらのことだ。何でもない」

こういって、神谷弥十郎は、味噌汁のお代りをした。

五平が、膳を下げて、台所へもどると、自分の寝部屋にいたお福が、

「きゃっ……」

悲鳴をあげて、飛びあがった。

その驚愕《きょうがく》の様子が、徒事《ただごと》ではなかった。

「お福。どうした？　そんなに、びっくりしてよう」

「旦那かと、おもって……」

「お福。われは、旦那に叱《しか》られるような悪さをしたのか？」

「………」

お福は、まだふるえがとまらない。

「何を、ふるえているのだ？」

「………」

「何でもいいから、おらに打ち明けて見ろ」

「旦那は、食べなすったかい？」

「食べたとも。今朝は、味噌汁の味がいいといって、お代りをしてな。笑っていなさったよ」

「笑って？」

「おう。笑っていなさった」

「ふうん」

お福の、躰《からだ》のふるえが熄《や》んだ。

「なあ、お福よ。うちの旦那は、いま、いろいろと、その、むずかしいことがあってな、気が立っていなさる。それで、苛《い》らいらしていなさるだ。お前も、辛《つら》いこともあるだろうが、辛抱しなくてはいけねえ、わかったか」

五平がいうところによれば、神谷弥十郎に、いま、仕官のはなしが持ちあがっているのだそうだ。

ほかならぬ新発田《しばた》五万石、溝口《みぞぐち》家が、武芸指南役として、弥十郎を召し抱えようというはなしらしい。

「それがな、決まりそうでいて、なかなか決まらねえのだ」

五平の言葉に、お福は興味をしめさなかった。

そんなことは、どうでもいい。

鼠の糞が入った味噌汁を毎日、口にしていた弥十郎の怒りが、どのように恐ろしいかと、不安と恐怖で五体をふるわせていたお福は、どうやら、何事もなく済みそうなので、

（ああ、よかった……）

その安心感が、たとえようもなく甘美なもので、ほかのことに耳をかたむけようとはしない。

これが、身分のある武士の邸《やしき》で起ったことなら、お福は手打ちにされ、首を切られても文句はいえないのだ。

「これ、お福。聞いているのか？」

「聞いている、聞いている」

お福は、飯へ味噌汁をかけ、箸《はし》を取った。道場の方で、弥十郎の気合声がきこえた。

（なぜ、なぜ旦那は、怒らなかったのだろう？）

このことであった。

いくら考えてみてもわからない。

昼すぎてから、庭の井戸端へ水を汲《く》みに出たお福が、道場からこちらへもどって来る神谷弥十郎と、ばったり顔を合わせてしまった。

おどろいたことに弥十郎は、お福を見るや、微《かす》かな笑いを浮かべたではないか。

それは、どことなく哀《かな》しげな笑いであった。

あわてて、水の入った桶《おけ》を持ち、お福は台所へもどって来たけれども、胸の動悸《どうき》は容易にしずまらなかった。とにかく、

(旦那は、怒っていない……)

らしいことが、確認されたわけであった。

そして、このときの弥十郎の物哀しげな微笑は、深く、お福の胸にきざみつけられた。

その翌日の、八ツ(午後二時)ごろに、五平が台所へ来て、

「旦那が急に、お出かけなさる。晩の仕度はいらないそうだ」

と、喉《のど》に痰《たん》が絡《から》んだような声でいった。

七ツ(午後四時)ごろに、神谷弥十郎は夏羽織と袴《はかま》をつけて、道場を出て行った。

お福が戸口から頸《くび》を伸ばして見ると、台所の向うの桐《きり》の木の葉越しに、五平に送られて出て行く神谷弥十郎の姿がちらりと見えた。

これが、お福にとっては、生きている弥十郎を見た最後であった。

五平が、門のところに立って、遠去かって行く弥十郎を、いつまでも見送っている。

こんなことは、めったにないことだ。

「五平さん。台所で一緒に食べるかい?」

声をかけたお福を振り向いて見て、五平がうなずいた。

「旦那がいない、旦那がいない」

うれしげに、唄《うた》うように拍子《ひょうし》をとりながら、台所へもどったお福が、夕餉の仕度にかかった。

あたため直した味噌汁の残りと、豆腐の仕度をしたところへ五平が入って来て、

「お福」

「あいよ」

「あのなあ……」

「何だい？」

「な、何でもねえ」

と、いった五平の様子が異様であった。

何か、お福に、いいたいことがあるらしい。それをいい出しかねている様子が、お福にもありありと看《み》て取れた。

「五平さん。私に、何か、いいたいことがあるのかい？」

「…………」

「旦那が、何かいったの？」

するとと、五平が独り言のように、

「まだ、わからねえ。わからねえことだ」

つぶやいたのである。

蜩《ひぐらし》

一

お福と五平が夕餉《ゆうげ》を食べはじめたとき、ぽつり、ぽつりと大粒の雨が落ちて来た。

薄暗くなった台所で、お福が、うれしげに、

「雨だよ、雨だよう。ああ、これで、いくらか涼しくなるかも知れないね」

五平は、黙っている。黙々と箸《はし》をうごかしている。

神谷《かみや》の家では、主人も奉公人も同じ物を食べる。こんなことは当時、めずらしいことであった。奉公人の夕餉の菜《さい》に、豆腐がつくことなど、めったにないことだ。この点、神谷弥十郎《やじゅうろう》は大様《おおよう》なもので、いっさいを、お福と五平にまかせている。

それにしても、いつになく、五平は口をきかない。

いつもの五平なら、夕餉のときに、何かと、お福にはなしかけるのが常であった。

何処《どこ》から入って来たのか、野良猫《のらねこ》が一匹、台所の土間を走りぬけて行ったとき、五

平がぎょっとなって腰を浮かせた。

「五平さん、どうしたの？」

「うう……な、何でもねえ」

このとき、いきなり、雨音が強くなった。

五平が箸を置いて立ちあがり、窓のところから、暗い空をながめた。

（五平さんは、いったい、どうしたのだろう？　たしかに、いつもの五平さんとはちがう）

雨が、滝のようになった。

五平の顔色《がんしょく》が見る見るうちに蒼《あお》くなった。

それが、行灯《あんどん》の灰暗《ほのぐら》い光りの中でも、はっきりとわかった。

飯のお代りもせず、五平は、逃げるように台所から出て行った。

（旦那《だんな》は何処へ行ったのだろう？　もう、先方へ着いたのかしらん？　それとも、羽織・袴《はかま》なんぞつけて、この雨にあったら、歩けもしめえに……へっ、いい気味だよう）

あとのことは、よく、おぼえていなかった。

後始末をして、寝部屋の薄い蒲団《ふとん》の上へ、ごろりと身を投げ出すと、昼間の労働の疲れで、たちまち、睡魔が襲ってきた。

いつの間にか、お福は、ぐっすりと眠ってしまっていたらしい。

「おい、お福。起きてくれ。起きてくれ」

五平の声がして、お福は揺り起された。

雨は熄《や》んでいた。

台所に、五平と、侍屋敷の中間《ちゅうげん》らしい男がいた。

「大変だ、お福」

「どうしたのだよう、五平さん」

「旦那が、大変なことになった」

「大変って？」

「斬《き》られなすった」

中間は、城下・外《そと》ケ輪《わ》裏に屋敷をかまえている近藤銕之助《こんどうてつのすけ》という藩士に奉公をしていて、表門に接した中間部屋で、同僚と酒をのんでいたが、そのうちに、雨が熄んだ。

すると、それまでは激しい雨音に消されてきこえなかったのだろうが、塀外《へいそと》の道で、人の唸《うな》り声がする。

どうも徒事《ただごと》ではないようなので、窓の戸を開けて見ると、道に、だれかが倒れているのがわかった。

同僚と共に外へ出て、提灯《ちょうちん》のあかりに、たしかめると、まさに神谷弥十郎である。

城下の者は、弥十郎の顔を見知っている。

弥十郎は、すでに三年の年月を新発田《しばた》城下ですごしていた。

中間は、主人の近藤銕之助へ報告し、近藤は家来を走らせ、藩庁の役人に来てもらった。

この間に、神谷弥十郎の呻《うめ》き声も唸り声も熄んだ。息絶えたのである。

いま、出張って来た役人たちが検屍《けんし》をおこなっている最中だという。

「家の者を呼んでまいれ」

役人にいわれて、中間が急を知らせに駆けつけて来たのだ。

中間は、

「胸の下のところに、矢が突き立っていた」

と、告げた。

「では、弓矢で？」

「そればかりではねえ。背中から肩のあたりを、何カ所も、深く斬られていなさる」

「お福。しっかりと留守していろよ」

そういって、五平は中間と共に出て行った。

あたふたしている様子ではなく、主人の危難を或《あ》る程度、予期していたかのような五平であった。

　五平が駆けつけてみると、神谷弥十郎の死体の検屍が終ったところで、死体には莚《むしろ》がかぶせてあった。胸に突き立っていた矢は、すでに検屍の役人の手で抜き取られていた。

「そのほうの主人、神谷弥十郎に相違ないな？」

　役人の問いに、五平は「相違ございませぬ」と、こたえた。

「弥十郎は今夜、何処へ行くと申して、家を出たか？」

「さあ……」

「さあ？　これ、有体《ありてい》に申しのべぬと、後悔することになるぞ」

「いえ、旦那様は、いつも、外へ出るときは行く先を告げませぬ。ぶ、ら、り、と出て行ってしまうのでございます」

「羽織・袴をつけ、あらたまった様子にてもか？」

「はい」

　役人は、明日に奉行所で、一応の取り調べがあるから、そのつもりでいるがよいといった。

　それから、弥十郎の死体を荷車に乗せ、役人ひとりがつきそい、先刻の中間と五平が車を引き、家へ帰ることがゆるされた。

　空には、月が出ていて、上空は風が強いのか、雲足が速い。

お福は驚愕《きょうがく》のあまり、紙のように血の気の引いた顔で、五平と弥十郎の死体を迎えた。

先刻、近藤家の中間がいった言葉を、五平は聞いているが、お福は聞いていない。いないが、しかし、主人が何者かに襲われて、殪《たお》れたことだけは、わかった。

そのときは、

（いい気味だ。あんな悪さをするから、バチが当ったのだよう。いい気味、いい気味）

などと、おもっていたものだが、現実に、弥十郎の死体が運ばれて来ると、つい、夕方に家を出るときまでは、

（生きていた……）

弥十郎が、数刻後には死体となって帰って来たことに、お福は強い衝撃を受けたのである。

神谷弥十郎の死顔は、雨に洗われて血もついていず、おだやかで、まるで生きているかのようであった。

その静謐《せいひつ》な死顔は、むしろ、神々《こうごう》しくさえ感じられた。

「お福、釜《かま》に湯を沸かせ」

五平が、甲高い声で命じた。

肩から背中にかけての傷は七カ所で、血汐《ちしお》はながれ出つくしてしまったので、五平が丹念に死体を洗い清めるのに、さほどの時間はかからなかった。

お福は、この間、眼《め》を逸《そ》らしていた。

五平が、泣いている。

すすり泣きつつ、弥十郎の死体を洗い、お福が出した灰色の帷子《かたびら》を着せた。

「お福。旦那の、この死顔をよく見るがいい。旦那は、ああ見えても、ほんとうは心の暖いお人だったにちがいない。人それぞれに、ほんとうの人柄《ひとがら》は死顔にあらわれるというが……これ、この、旦那の死顔をよくごらん。これが、ほんとうの旦那なのだ。お前には、ひどい乱暴もしたろうけれど、男というものは、いくつになっても、ひょんなことから、気が狂うことがある。どうにもならねえ自分の心をもてあまして、何かに打《ぶ》っつけなくちゃあ、おさまらねえときがある。さ、通夜《つや》は明日だ。これから、お前と、通夜の相談をしよう。線香を出せ。そこの仏壇にあるはずだ」

五平は、物に憑《つ》かれたように、お福へはなしかけた。

お福は、弥十郎の死顔から眼をはなさなかった。

二

この日の夕刻、羽織・袴《はかま》をつけて道場を出る前に、神谷《かみや》弥十郎《やじゅうろう》は、着換えを手つだっていた五平が出て行こうとするのを、

「待て、五平」

呼びとめた。

「はい?」

「これへ……ま、其処《そこ》へ坐《すわ》れ」

「何でございましょう?」

「もっと、近くへ寄れ」

「は、はい」

「五平。おれはな、これから或《あ》る場所へ行って、或る男に会わねばならぬ。それで、な。もしやすると、二度と再び、此処《ここ》へもどれぬやも知れぬ」

「な、な、何でございますって……?」

「生きて、もどれぬということよ」

こういって、弥十郎は微《かす》かに笑った。

例によって、苦い笑いが顔に浮かんでいたが、声は、笑い声ともおもえなかった。さりとて、沈痛な響きは少しもない。

「く、く、く……」

というような、笑い声というよりも、一種の音が弥十郎の口から洩《も》れたのである。

「だが、わからぬ。生きてもどれるやも知れぬ。どちらかといえば、その見込みのほうが強い。だからな、五平。おれが、生きてもどれぬと独りで決めこむのは、おかしいことであるやも知れぬ」

「旦那様《だんなさま》。これは、い、一体、どういうことなのでございます」

「尋《き》くな。おれも言わぬ」

神谷弥十郎は、あらかじめ、用意をしておいたらしい袱紗《ふくさ》包みを出して、

「五平は、縁類の者が江戸にいると申していたな」

「は、はい。甥《おい》がひとり……」

「お福は、縁類が一人《いちにん》もないらしい……」

「はい」

「おれに、もしものことがあれば、この家は、奉行所の手によって隈《くま》なく探り調べられよう。そうなると……」

と、袱紗包みを見せて、弥十郎が、

「この金も奉行所に取り上げられてしまう。これは亡《な》き女房が、万一のときにと、蓄えておいた金だ。何、いくらもない。わずかなものだが、おれが死んだら、お前とお福で分けてくれい」

あとは何もいわず、すぐさま弥十郎は家を出て行ってしまったのである。

その顔、その姿には、五平に重ねての問いかけをゆるさぬ毅然《きぜん》としたものがあって、門まで送って出た五平に、

「何事があっても、お前は何も知らぬ。よいな、何も知らぬのだぞ」

念を入れて、ゆっくりとした足どりで、外ケ輪の方へ歩み去った。

さて……。

通夜《つや》も済み、さびしい葬式が済むと、神谷弥十郎の遺体は、周円寺の和尚《おしょう》が、「よし、よし。わしが引き取って進ぜよう」

と、いってくれ、墓地へ葬《ほうむ》ってくれた。

つぎの日から、五平は、藩の奉行所へ出頭を命じられ、朝早くから出て行った。

五平が、どのような取り調べを受けたか、お福は知らないし、五平も語らなかった。

五平は、別人のように、口が重い老爺《ろうや》になってしまった。

たまりかねて、お福が尋くと、

「おらは何も知らねえ。旦那は何ひとつ、言い遺《のこ》して行かなかったのだから、いくら

調べても、わからねえ、知らねえというよりほかはねえ」

五平は、そういった。

五日目になって、帰って来ると、

「これで、やっと放免だ。おい、お福。亡くなった旦那の酒が残っていたなあ」

「ああ、残っている」

「少しだけ、燗《かん》をつけてくれ」

「五平さん、酒をのむのかい？」

「ああ、のむ。といっても、むかしのようにはのめねえがね」

よく晴れた日の夕暮れであった。

外は、まだ明るい。

台所の土間へ茣蓙《ござ》を敷き、お福がつくった茄子《なす》の煮浸《にびた》しで、五平は酒をのみはじめた。

「お福や。まあ、此処へお坐り」

「あいよ」

「お前、これからどうするつもりだ？」

「わからねえ」

「わからねえじゃ困る。いってごらん」

「五平さんは?」

「おらよりも、お前のことが先だ。どうする?」

「周円寺の和尚さんが、奉公口を見つけておくんなさるって、通夜のとき、そういってた」

「そうか……」

五平は、酒を湯呑《ゆの》みについで、水でものむようにのみほしてから、

「それもいいが、お福。江戸へ行ってみる気はねえか?」

「え、ど?」

「ああ、そうだ」

お福は、生家があった簑口《みのくち》村と新発田《しばた》の城下のほかには何処《どこ》も知らない。江戸というところには、この世の中で一番えらい将軍さまがいて、新発田の殿さまでさえ、

「頭が上がらない」

と、聞いている。

お福にとって、江戸は夢の中の国であった。江戸へ行くなどと、聞いただけでも気が遠くなるおもいがした。

「なあ、お福。江戸には、おらの甥っ子がいる。おらの死水《しにみず》を取ってくれると前からいってよこしているし、おらも、まだ、もう少しは働けるだろう。どうだ、一緒に江

戸へ出てみねえか。お前もその年で……」

五平は潤《うる》んだ眼で、お福を凝《じっ》と見つめ、

「その年で、ずいぶんと辛《つら》いおもいをして来たのだから、おもいきって、江戸へ出てみれば、運が開けるかも知れねえ。どうだ、一緒に行ってみねえか？」

お福は、即座にこたえた。

「五平さんと一緒なら、江戸へ行く」

その声には、一点の迷いもなかった。

庭の何処かで、蜩《ひぐらし》が鳴いている。

夕暮れになると、この数日は、めっきりと涼しくなって、夜に寝るとき、躰《からだ》へ掛けるものを重ねておかないと、明け方の冷気に目がさめてしまうほどだった。

「そうか、その気になったか」

「うん」

「よし、よし。ちょっと待て」

五平は台所を出て行き、自分の部屋から袱紗包みを持って来て、

「お福。これはな、前に旦那が、おらとお前とで分けろといって、下すったのだよ」

包みを、開いて見せた。

一両小判が十五枚あった。

お福は、眼をまるくした。小判などという金を見たことがなかったからだ。その小判で、十五両もある。

その十五両を、五平とお福で分けるように、神谷弥十郎は言い遺していたというのだ。

(まさか……?)

お福には、信じられなかった。

「さ、この金を分けておこう。お前は、ことに苦労をしたのだから八両。おれが七両もらっておく」

「いらねえ」

「だが、これは、旦那の遺言《ゆいごん》なのだから、おらも貰《もら》う。お前も受け取れ」

「それなら、五平さんに、あずける。江戸へ行くとなれば、いろいろと金も要るしよ」

「そうか、よし。あずかっておこう」

淡い夕闇《ゆうやみ》の中で、蜩は、まだ鳴いている。

「なあ、お福。亡くなった旦那……神谷弥十郎というお人は、お前が考えているようなお人ではねえよ」

と、五平がいった。

江戸の空

一

翌日。五平は、また奉行所へ呼び出された。出て行ったのは昼前だが、帰って来たのは、夜に入ってからだ。

「いま、帰ったよ」

五平の声をきいて、お福は台所を飛び出し、五平の躰《からだ》へしがみつき、気が狂ったように泣き出した。

「そんなに心配していてくれたか……大丈夫だ。何でもねえ、何でもねえ」

「よかったよう、よかったよう」

「腹が減った。何か食わせてくれ。今日は、ちょっと痛めつけられたが、知らねえものは何も知らねえというよりほかにねえ」

五平は、盥《たらい》に湯を汲《く》んで拷問《ごうもん》に傷ついた躰を洗い、傷の手当にかかった。お福も手つだった。

拷問といっても、それほどひどく痛めつけられてはいない。五平の申し立てに嘘《うそ》がないことに、役人たちも気づいたのであろう。

「お福よ。昨日の朝……いや、一昨日《おととい》の夜更《よふ》けらしいが、尾上町の外れに道場をかまえていなさる松永市九郎《まつながいちくろう》さまが、夜逃げをしたそうだ」

「へえ……」

「そのことと、うちの旦那《だんな》が殺されたことが、何か関《かか》わり合いがあるらしい」

という五平自身が何も知らないのだから、お福にわかろうはずがない。

松永市九郎は、神谷弥十郎《かみややじゅうろう》と前後して、新発田《しばた》へやって来て、一刀流の道場をかまえた。

教え方がうまいというので、門人も多かった。

年齢も弥十郎より五つ六つは若く、独り身であった。総髪《そうがみ》を肩のあたりまでたらして、いかにも武芸者といった姿で、颯爽《さっそう》と城下を歩む松永市九郎を、お福も一度、見かけたことがあった。

その松永が、突然、出奔してしまった。

「よくは、知らねえが、うちの旦那と、松永市九郎は……」

と、五平は松永を呼び捨てにして、

「この春に、殿様の御前で、剣術の試合をしたらしい。そのとき、うちの旦那は、松永をこっぴどく叩《たた》きのめしたということだ。そんなことを、これっぽっちも、うちの旦那は口にしなかったっけ」

「ふうん……」

お福には、全く興味がないはなしである。

五平とお福は、熱い味噌汁《みそしる》のお代りをして、遅い夕餉《ゆうげ》をすませた。

「明日、もう一度……」

「もう一度、奉行所へ行かなくてはならねえのかい、五平さん」

「うんにゃ、そうでねえ。また、この間のときのように、奉行所の役人が来て、家探しをするとよ」

「いやだねえ」

「いやだが仕方ねえ。おれもお前を連れて、一時も早く江戸へ行きたいところだが、いま、御城下を出ると、あらぬうたがいをかけられるかも知れねえ。いいか、お前は何も知らねえのだから、何を尋《き》かれても、そのつもりでいなよ」

「いま、五平さんに聞いたことも？」

「そうだとも」

「わかった」

翌日、奉行所から来た役人たちは、さらに厳重な家探しをして、新たに手紙類とか、弥十郎の衣類とかを没収して行った。お福は尋問されなかった。

五平は、弥十郎から貰《もら》った金を何処かへ隠したらしい。

「この後《のち》、十日の間は外へ出てはならぬ。また、奉行所から呼び出しがあるやも知れぬ」

「までございますか。私も、台所におります小娘も、身の振り方を決めなくてはなりませぬが……」

「十日過ぎてからにしろ」

「はい」

その十日が過ぎると、五平が、

「そろそろ、旅立ちの仕度をしておけよ」

と、いった。

「もう出来ているよ」

「そうか。死んだお父《とっ》つぁんと、お母さんの位牌《いはい》を、しっかりと包んでおいたか」

「あい。それで五平さん。新発田を発《た》つのは、明日かい？」

「ま、落ちつけ。こういうときは、何事も、ゆっくりとするものだ」

この事件について、うわさは何も耳に入らぬ。

神谷弥十郎の、数少ない旧門人も、道場へは姿を見せなかった。

「さむらいっていうのは、不人情なものだねえ」

お福が、そういうと、五平は、

「たとえ、線香をあげに来たくとも、来られない事情《わけ》があるにちがいない」

「どんなわけ？」

「わからねえが、御家来衆の間では、むずかしいことが、いろいろとあるような気がする」

お福は、五平と共に、毎日、周円寺に行き、和尚《おしよう》が立ててくれた墓標に、線香をあげ、つみ取って来た草花をそなえた。

そうしているうちに、神谷弥十郎への憎悪《ぞうお》が、しだいに消えて行くのを感じている。

あの穏やかな弥十郎の死顔は、お福の胸の内に、いよいよ鮮明になってきた。

同時に、自分を犯している弥十郎の呻《うめ》き声や、切迫した呼吸が、なまなましくよみがえってくるのだった。

（畜生！）

と、憎しみは、弥十郎を殺害したらしい松永市九郎へ向けられた。

（弓矢なんぞで、旦那を殺すとは、なんて、卑怯《ひきよう》なやつなんだろう）

十日間の禁足を解かれて、五平は、毎日のように外へ出かけて行ったが、五日目の

夕方に帰って来ると、

「お福や、明日の朝、江戸へ発つぞ」

「あれ、ほんとうかい」

「仕度に手落ちはねえな」

「荷物なんて何もありゃあしないもの」

この夜、驟雨《しゅうう》があったけれど、翌朝は、さわやかに晴れわたった。すでに、もう秋が来ていた。

出発に先立って、お福は、道場の裏の野原へ行った。芒《すすき》が朝風に揺れている。撫子《なでしこ》や桔梗《ききょう》も咲いていた。そのほか、お福が名も知らぬ秋草をつみ取り、周円寺の弥十郎の墓へそなえた。

(旦那……)

お福は、胸の内で墓に語りかけた。

(旦那は、こんな土の下に埋められて、もう、おらに、乱暴をすることもできなくなってしまったのだねえ)

そのとき突然、わけもなく熱いものが眼《め》からふきこぼれてきた。

自分の泪《なみだ》に、お福は、びっくりした。

そして、身寄りもない剣客《けんかく》・神谷弥十郎を、

(旦那は、おらと同《おんな》じだねえ)

そうおもった。

何しろ、奉公人の五平とお福に、

「もし、自分が死んだときは……」

といって、肌付《はだつ》きの金をわたしたほどの弥十郎だから、身寄りがいれば、何か言い遺《のこ》しておくはずだ。

五平も、こういっていた。

「おらが奉公にあがってから、この方《かた》、旦那の故郷《くに》から訪ねて来た人もいねえし、便りもなかった」

ふと気がつくと、旅仕度の五平が墓地へ入って来るところだった。

「おや……お福、泣いていたのか、旦那の墓の前で……」

「泣いてなんかいないよう、五平さん」

すると五平は、くぐもった優しい声で、

「人が人のために泣いてやることは、悪いことじゃあねえのだよ」

と、いった。

間もなく、五平とお福は、新発田城下をはなれた。

お福は、生家の近くの親しかった友だちに、それとなく、別れを告げ、亡《な》き両親の墓にも詣《もう》で、五平にあずけておいた金のうちから、寺へ寄進をした。

五平は、

「いまは、たくさんの金を出さねえほうがいい。よし、おらが代りに行ってやろう」

そういって、寺へ行ってくれた。

越後《えちご》・新発田から、江戸まで八十九里。

城下を出外れると、五平が別人のように勢いよく、

「お福。お前、江戸を見たらびっくりするにちげえねえ。何といっても将軍さまのお膝元《ひざもと》だからなあ。空の色までちがう」

「五平さんは、江戸を知っているのかい？」

「お前にいわなかったか？」

「聞かないよ」

「若いときにな、十年も江戸にいたことがある」

五平の声は、弾んでいた。

二

五平とお福は、越後から信州路へ出て、江戸へ向った。

五平が、つくづくと、

「お福。お前は足が達者だなあ」

呆《あき》れ顔にいって、

「お前は、きっと、すぐに、江戸の水に慣れる」

「そうかね、五平さん」

「そんな気がする。心配はいらねえよ」

「ちっとも心配なんか、していねえよ。五平さんが一緒だもの」

「むう……おらも一緒にやって行きたいとおもうが、そう決めてはいけねえ。わかれわかれにはたらくことになるかも知れねえ」

「そうかい。そうなったら、そのときのことだ」

小娘ではあったが、苦労という苦労は嫌《いや》になるほどしてきたという自覚があるだけに、

(どんな事が起きても……)

恐ろしくはない、と、お福はおもっている。

「お福。お前は若いくせに、ふっ切れたな」

「ふっ切れたって?」

「いや何、こっちのことだ」

泊りを重ねて、江戸が近くなると、街道（中仙道《なかせんどう》）の旅人の往来も繁《はげ》しくなった。

これが初旅《はつたび》のお福にとって、見るもの聞くもののすべてがめずらしく、その両眼は好奇心にかがやき、足の運びの速さに、

「おい、おい。もっと、ゆっくり歩かねえか」

音《ね》をあげるほどであった。

前夜、武蔵《むさし》の浦和へ泊った二人は、翌日の午後も遅くなって、荒川を渡し舟（戸田の渡し）でわたり、板橋へ入った。

板橋から江戸の日本橋までは二里八丁。

お福は先《ま》ず、板橋の宿駅の雑沓《ざっとう》に度肝を抜かれた。

「中仙道の首《しゅ》にして、往来の行客《こうかく》常に絡繹《らくえき》たり。旅籠屋《はたごや》、酒鋪《さかや》、軒を連ね、繁昌《はんじょう》の地なり」

と、物の本に記してあるように、土埃《つちぼこり》をあげて行き交う人馬の数にもおどろいたが、道行く人びとの、物に憑《つ》かれたように忙《せわ》しくうごきまわるありさまや、宿場の男も女も高声をあげて、しゃべり合う言葉など、早口で、さっぱりわからぬ。はじめは喧嘩《けんか》でもしているのではないかとおもったほどだ。

宿場の中ほどに川がながれていて、橋が架かっている。

その橋をわたりかけた五平が、足を停《と》めて、

「さて、どうするかなあ」

「五平さん。これからどこへ行くのだい？」

「甥《おい》のところへ行くのだが、これからでは夜になってしまう。まあ、夜になってもかまわないのだが……今夜は、この板橋へ泊って、明日ゆっくり訪ねて行ったほうがいいかもしれない」

「五平さんの、いいようにしておくれ」

「そうか、よし」

五平の肚《はら》は、決まったようだ。

二人は、川辺《かわべり》の〔上州屋〕という旅籠に泊った。

旅をしている間、泊り泊りの旅籠で出す夕餉《ゆうげ》の膳《ぜん》は、お福が口にしたこともない料理が並び、それは、どんなに安い旅籠のものでも、お福にとっては大変な御馳走《ごちそう》であった。

「五平さん。こんなぜいたくをして、お金は大丈夫かい？」

何度も、お福は尋《き》いた。

五平は、黙って笑っていた。

五平の甥は、江戸の本所《ほんじょ》というところに住んでいるそうな。五平の姉の子で、五平がまだ江戸にいたとき、引き取って、奉公口を世話したことがあり、以来、ずっと交《つき》

際《あい》が絶えず、

「叔父さんの死水《しにみず》は、私が取る」

などと、女房も子供もいない五平にとって、たのもしいことをいっているらしい。

「おらが甥っ子は、久助《きゅうすけ》といって四十二になる。二人の子もちだが、二人とも女で、一人は去年、嫁に行ったそうだ」

と、五平は洩《も》らした。

「その久助さんは、何の商売？」

「なあに、まだ主人持ちさ。自分の家《うち》からお店《たな》へ通っている」

「お店って？」

「まあ、明日行けばわかる。実をいうとな、おらも、そのお店へ奉公をしていたことがある」

「どうして、やめてしまったの？」

「悪い事をしたからさ」

「悪い事って？」

「お前は、いちいち、うるさいなあ。でも、六年ほど前に江戸へ行ったとき、そのお店へも行き、ちゃんと挨拶《あいさつ》をして来た。明日も、顔を出すつもりだよ」

お福の顔へ、急に不安の影が浮いたのを五平は見逃さなかった。

「は、はは……この五平が心配になったのかい。案じるにはおよばない。悪い事といったって、人を殺《あや》めたり、盗みをしたわけじゃない。男なら一度や二度は、したことがあるものだ」

「どんな事？」

　すかさず、追及するお福へ、

「お前が、そんなにくどくどしい女だとはおもわなかった。だが、ま、いいだろう」

　苦笑しながら、五平は煙管《きせる》に煙草《たばこ》を詰めた。新発田《しばた》を発《た》ってからの五平は煙草ものむし、宿の膳に二本の酒を欠かさない。

　煙管は銀造りの、細い、しゃれたもので、お福の眼にも、その見事な細工が、わかるような気がした。

　とにかく、旅へ出てからの五平を見ていると、何から何まで別人のようで、強《し》いて不安があるというなら、そのことであった。これが、神谷弥十郎《かみややじゆうろう》の見すぼらしい道場で、下男奉公をしていた老爺《おやじ》だとはおもえない。

「この五平が、お店を失敗《しくじ》り、江戸にもいられなくなったのは、女のことなのだ」

「どんな女のひと？」

「一口にはいえねえ。遠いむかしのことだ。ともかくも、この五平のことを根掘り葉掘り尋くのじゃねえ。いいか、お前はお前の道を行き、五平は五平の先行き短い道を行くのだ」

そういう五平の声が、きびしい口調に変って、

「五平ばかりか、物事、何につけても人をたよってはいけねえ。この世の中には、たよりになるものなんかないとおもえ。お前の奉公口は見つけてやるが、後は独りで歩いて行くのだ。いいか、それが出来るか？」

「うん。できる」

「よし。それでこそ、お福だ」

ぽんと煙管を灰吹きへ落した五平が、こういった。

「お前の先行きは、長い長い道のりだが、この世の中は、すべてが男のためにできているようなもので、身寄りのねえ女は、苦労をしなくてはならねえ。覚悟をしておけよ。いいな。いいな？」

「うん。覚悟してるよ」

三

ともかくも、江戸へ入ってからの五平は、別人のように変ってきている。

言葉づかいも、新発田《しばた》にいたときとはちがって、何事にもてきぱきと、道を歩む足

取りまでも変った。

　五平は、若いときに江戸で暮したといったが、これまでに何度も江戸へ来ていて、江戸の水には馴染《なじ》んでいるらしい。宿へ泊っても、物なれた様子だし、お福の眼には金のつかい方が大様《おおよう》になってきて、これには、はらはらした。

　板橋へ泊った翌日、五平とお福は、本所へ向った。

　どこを、どのようにして歩いたのか、お福はよくおぼえていない。ただ、繁華な町のありさまに、きょろきょろしていただけで、大名屋敷や武家屋敷が数えきれないほどだ。立派で大きな寺院がつぎからつぎへ、お福の眼の前にあらわれた。

「どうだ、新発田とは大ちがいだろう？」

　五平は、まるで自分の故郷《くに》を自慢するようにいった。五平が歩きながら、いろいろと説明をしてくれるのだが、ほとんど、お福の耳へは入らない。

　得体の知れぬ活気が、町にも道行く人びとにもあふれていて、お福を圧倒した。

　ただ、江戸の空より新発田の空が、きれいだとおもった。

「江戸にはな、新発田の殿様の御屋敷も三つか四つ、あるのだよ」

「へえ……ほんとうかい？」

　お福は、びっくりした。

　やがて、大きな川に架けられた大きな橋をわたったが、その橋をわたる種々雑多な人びとの混雑に、お福は眼をみはった。こんなに大きな橋を見たのは生まれてはじめてであった。

川には、無数の船が浮かんでいて、中には、矢のような早さで川面《かわも》をすべって行く小舟もあった。

「お福。くたびれたか？」

「ううん」

昂奮《こうふん》の連続で、くたびれるどころではなかった。

橋をわたりきったとき、五平が、

「ここが、本所というところだ。もう、すぐだよ」

五平は新発田を発《た》つ前に、手まわしよく、甥の久助に早飛脚《はやびきやく》で、自分の様子を知らせてやったらしい。

「お福のことも、よくよくたのんでおいた」

とのことだ。

久助は、本所の二ツ目・緑町にある、乾物問屋〔伊勢屋清兵衛《いせやせいべえ》〕の通い番頭をつとめてい、自宅は、同じ本所の横網町《よこあみちょう》にある。

久助の家は、表通りの蠟《ろう》問屋〔駿河屋《するがや》〕の裏手にあり、家主《いえぬし》は駿河屋だということである。土間に台所、そのほかに三部屋あって、小ぎれいな家だ。

「まあまあ、新発田の叔父さん。よく、おいでなさいました」

久助の女房おとくは愛想《あいそう》のよい女で、年齢は三十九歳だという。

五平が、お福を引き合わせると、

「このひとが、お福さんですか。まあ、しっかりした顔つきで、うちのお米《よね》とは大ちがいだ」

と、いった。

お米というのは、久助夫婦の次女で十七歳になる。

お福は家にいたお米と顔を見合わせ、どちらからともなく、微笑を交した。この二人は初対面で、早くも気が合ったものとみえる。

時刻は、昼どきになっていた。

間もなく、久助が主家の伊勢屋から帰って来た。家から伊勢屋は目と鼻の先といってもよいほどの近間《ちかま》だ。

「叔父さん。大旦那《おおだんな》が叔父さんの顔を早く見たいといっていなさいますよ」

「いま、御挨拶《ごあいさつ》にあがろうとおもっていたところだ。大旦那は、お達者かい？」

「隠居してから、だいぶ、弱ってきました。叔父さんが、また、うちへ奉公をしたいと聞いて、大旦那は、たいそう、よろこんでおいでなさいますよ。はなし相手ができたと、そうおいいなすってね」

「もったいないことだ。あんなに御迷惑をかけた上に黙って、お店《たな》を飛び出してしまったおれなのに……」

久助は、狸《たぬき》のような顔に、うれしそうな笑いを浮かべ、

「叔父さんが、お店へ来て、うれしいのは大旦那ばかりじゃない。だれよりも私がうれしい。よく江戸へ出て来てくれましたねえ」

と、いったのが、口先だけではないと、傍《そば》で聞いているお福にもよくわかった。

五平は、かつて、甥《おい》の久助の面倒をよほどにみてやったのであろう。

五平は、あくまでも下男として伊勢屋に奉公をするつもりらしい。

「叔父さん。それは大旦那も旦那も、よく承知していますよ。それから、このお福ちゃんのことですがね」

「ふむ、ふむ」

「ちょうどいい奉公口がありましたよ」

「そうか、どこだい？」

「これも、独り者の御隠居なんですがね。隠居して息子さんに家をゆずりわたし、小《こ》梅《うめ》の方に住んでいらっしゃる、お侍で、名前を三浦平四郎《みうらへいしろう》さまとおっしゃいます」

「侍の独り者？」

「そうです」

お福の顔色《がんしょく》が、わずかながら変った。

独り者の侍の家に、下女として住み込むのであるから、お福の脳裡《のうり》に、神谷弥十郎《かみややじゅうろう》のことが浮かんだのは当然であろう。お福は不安になった。五平もそれと察したらしく、

「その三浦さまというのは、おいくつになっていらっしゃるのだ?」

「さようですね、七十《しちじゅう》に近いと聞いています」

「そうか。そうかい、そうかい」

「何か?」

「いや、何でもない、何でもない」

七十に近い老人が、まさかに神谷弥十郎のようなまねはすまい。いや、できまい。

五平は、お福をかえり見て、

「安心しろよ」

とでも、いうように、うなずいて見せ、

「久助。今日は、これからお店へ挨拶にあがるが、ついでに、その三浦さまへも、おれが挨拶をしよう。いけないかい?」

「いや、そうしてくれれば、何よりですよ」

「よし。それでは出かけよう」

五平とお福は、昨日泊った板橋の宿《しゆく》で買った古着に着換えた。古着といっても洗い張りをし、折目も正しい、上等の古着であった。

この間《かん》に、おとくとお米が昼餉《ひるげ》の仕度をして、部屋へ運んで来た。

「お福」

五平が、いたわりをこめて、

「その三浦さまを、先に見てくるからね。心配するのじゃないよ」

ささやいてくれた。

四

この夜。

久助の家の一間で、お福は五平と枕《まくら》をならべて眠った。

二人とも、明日から、それぞれの奉公先へ行き、はたらくことに決まった。

お福が下女となってはたらく先の、三浦平四郎という老人は、七十俵二人扶持《ににんぶち》という、幕臣のうちでもごく身分の低い御家人《ごけにん》だそうな。

住居《すまい》は、これも本所の石原町《いしはらちよう》にあるが、

「年寄りは、邪魔になるばかりだ」

と、いって、息子夫婦にゆずりわたし、自分は、小梅村の小さな農家を買い、手を入れて隠居所にした。

それからは「閑斎《かんさい》」と号しているそうだ。

「三浦さまに、お目にかかってきたが、お福よ、少しも心配することはねえ」

五平は、そういった。

閑斎・三浦平四郎は、六十八歳になる。つい先ごろまで、身のまわりを世話する下女がいたのだが、病歿《びょうぼつ》してしまった。そこで、嫁が来て世話をしたり、下男が弁当を届けたりしていたのである。

いずれにしても、新しい下女を雇わなくてはならない。

そこで、碁敵《ごがたき》の伊勢屋《いせや》の隠居に、下女探しをたのんでおいたところ、五平とお福が江戸へ来ることが、久助の口からわかり、

「そういうことなら、その小娘に、三浦さまのお世話をさせたら、ちょうどよいだろう。なに、五平が見込んで江戸まで連れて来るほどの女だ。間ちがいはあるまい。よしきた、三浦さまのお気に入らぬときは、うちで使ってもいいじゃあないか」

伊勢屋の隠居・伊兵衛《いへえ》は、そういってくれたという。

伊兵衛は隠居の身となり、主人の座を息子の清兵衛《せいべえ》へゆずりわたしたが、

「叔父さん。まだまだ、大旦那の眼《め》が光っていないと、何かにつけて、あぶないとお

もいます」

と、これは、久助の言葉である。

お福は、この夜、なかなかに寝つけなかった。

まだ、不安が消えたわけではない。

「ねえ、ねえ……」

「う……」

「五平さんに、もう会えないの？」

「心細いのか？」

「うん」

「なあに、三浦さまの隠居所と伊勢屋は、そんなに離れてはいない。会おうとおもえば、いつでも会える」

「ほんと？」

「ほんとうだとも。それにな、三浦さまは、もうすぐに七十になろうというお年寄りだ。お前に妙なまねをするような、お方ではないと、おれは一目見て、そうおもった。あのお方なら、お前も安心だし、おれも安心だ」

「……」

「新しい奉公口を見つけて、はじめて行くのは嫌《いや》なものだ。これは男も女も、同じことだよ」

「五平さんも?」

「そうだとも。むかし、若いときに奉公をした伊勢屋だが、肩身がせまいおもいをしなくてはならねえ。みんながみんな、大旦那《おおだんな》のような人ばかりじゃあねえからな」

五平の声が、何か寂しげになり、

「おれも、もう六十だ。その年になって、出直さなくてはならねえのだもの」

「大変だねえ」

「自業自得《じごうじとく》だ。仕方もねえことさ。過ぎてしまった年月《としつき》は、取り返しようがねえ」

「五平さん」

「お福。もう寝ろよ。な、な……」

五

朝、目ざめると、味噌汁《みそしる》の匂《にお》いが家の中にただよっていた。

味噌汁の匂いは、否応《いやおう》なく、新発田《しばた》の神谷《かみや》道場の台所を、お福におもい出させる。

(辛《つら》かった……)

おもう一面では、

(なつかしい……)

と、おもう。

朝餉《あさげ》のときに、久助の娘のお米《よね》が、

「これ、買ったばかりで、つかってないのだけれど、お福さんにどうかしらん?」

なかば母親にいいながら、紙包みを、お福にわたした。

開いてみると、櫛《くし》であった。一つの大きな櫛を半分に切ったような形をしていて、これまでに、お福が見たこともない黄楊《つげ》の櫛だ。

「お福さん。つかって下さいな」

「ありがとうございます」

めずらしげに櫛を見ているお福に、お米が、

「それはね、鬢搔《びんか》きという櫛なの。ほら、こうしてつかうの。鬢の毛がみだれたときに……」

櫛一つ取ってみても、江戸には、娘の好奇心をそそるものがいくらもあるらしい。

三浦老人の隠居所には、久助もついて来てくれるらしい。

身仕度をして、お福は、久助と五平の後に従い、外へ出た。

おとくとお米が、表通りまで見送ってくれた。

「困ることがあったら、いつでもおいでなさいよ」

おとくが、声をかけた。

石原町から東へ真直《まっす》ぐに行くと、大きな堀割《ほりわり》に突当る。この堀割を横十間川《よこじっけんがわ》という。川に架かった法恩寺《ほうおんじ》橋をわたると、左手が、有名な〔宰府天満宮《さいふてんまんぐう》〕で、五平が、

「ほら、これが、いつかおれがはなした亀戸《かめいど》の天神さまだ」

と、教えてくれた。

しかし久助は、川沿いの道を北へすすむ。

横十間川には小舟が行き交い、門前町の盛況は、お福が瞠目《どうもく》するにじゅうぶんであった。

(どこから、こんなに、人があつまって来るのだろう?)

このことである。

しばらく行くと、大きな大和屋敷(西尾隠岐守《にしおおきのかみ》・下《しも》屋敷)があり、久助は、その屋敷の塀《へい》に沿って、小道を右へ曲がった。

西尾屋敷の裏手へ出ると、そこは、江戸ともおもえぬ田園風景で、松林が多い。

松林をぬけると、藁《わら》屋根の百姓家が一つ。ここが三浦老人の隠居所であった。

閑斎・三浦平四郎は、前庭に面した縁側に坐《すわ》って、煙草《たばこ》をふかしていた。

なるほど、七十に近い老人だ。少ない白髪を束ね、蜻蛉《とんぼ》のような髷《まげ》をのせている。

血色はよく、細身の小柄《こがら》な躰《からだ》つきで、新発田の周円寺の和尚《おしょう》に、

（よく似ていなさる……）

お福は、そうおもった。

久助と五平が挨拶《あいさつ》をすませ、

「これが、その娘でございます」

久助が、後ろでもじもじしているお福を前へ突き出すようにした。

「よろしく、お願い申しますでございます」

五平がのべる言葉の後から、お福は黙って頭を下げた。

「何分、田舎育ちでございますから、口のききようも知りませんので」

と、五平。

「うむ」

三浦平四郎はうなずいて、お福に、

「病気をしたことはないかえ？」

尋ねたときの眼つきの鋭い光りに、お福は、

（あ、おっかねえ）

くびをすくめた。三浦老人の視線は、着物の下の、丸裸の自分を見透《みとお》すかのように感じられた。

久助と五平が帰って行った後で、お福は身を固くして庭に立っていた。

「ま、こちらへおいで、荷物を置く場所を教えよう。かまわぬ。縁側からあがっておいで」

老人は、家の中へあがり、先へ立った。

ひろい家ではない。お福にあたえられた部屋は、台所のとなりにあった。小さな部屋であったが、新発田の、台所の中にある寝部屋とは大ちがいで、押入れも、戸棚《とだな》もあり、荷物が入るようになっている。

「毎日お前がすることは、明日、教える。今日のところは、昼寝でもしているがよい」

お福は、自分にあてがわれた部屋へ独り残された。それから夜まで、どんなことをしてすごしたか、よくおぼえていない。

日が暮れると、石原町から弁当が届いた。眼つきのよくない中年の下男らしい男が、お福の部屋にも弁当を届けに来た。

「へえ、お前《めえ》かい、今度、この家へ来たのは」

お福を見る眼つきは、あきらかに軽蔑《けいべつ》の色をふくんでいた。

三浦老人は、自分の居間で弁当を食べ、お福は台所の水瓶《みずがめ》の水で、弁当を食べた。

老人は酒をのむらしい。すべて、下男が仕度をした。

夜が更《ふ》けて、押入れの蒲団《ふとん》を出し、身を横たえたが、すぐに眠れるものではない。

どれくらいの時がたったろう。
（おや……？）
廊下のどこかで、人の足音がした。
みしり、みしりと、その足音は、お福の部屋へ近づいて来る。
（ま、まさか、あの、お年寄りが……）
お福は、はね起きた。

六

（あんな、じいさまに負けてなるものか）
お福は、台所との境の板戸を少し開けた。すべりのよい戸で、ほとんど音もしない。
人の足音は、まさに、こちらへ近づいて来る。
お福は、台所へ出た。
夜更《よふ》けの闇《やみ》は、冷え込みが強く、身ぶるいをしたほどであった。日が暮れぬうちに、
お福は台所をよく見ておいた。
外へ出る板戸に、ふとい心張棒《しんばりぼう》がかってあり、桟《さん》には〔猿《さる》〕がついていた。
心張棒を外してから〔猿〕を抜いて、お福は戸を引き開けた。これまた、手入れが

よいとみえて、音もなく開いた。

自分の躰《からだ》が外へ出るほどに戸を開けておいて、心張棒をつかみ直し、お福は、その場に屈《かが》み込んだ。

足音は、消えている。いや、台所にいては耳に入らぬのやも知れぬ。台所の土間を這《は》って行き、お福は廊下へくびを突き出してみた。

きこえる。足音は依然、きこえていた。廊下をへだてて、長四畳の部屋があり、その向うが、三浦平四郎の寝所になっているはずであった。

その寝所に置いてある有明行灯《ありあけあんどん》のあかりが、二つの欄間から廊下に淡く洩《も》れていた。

だから、廊下は真暗闇ではない。

(ちがう。じいさまじゃあない)

ちょうど、お福の部屋のところまで近づいて来ていた男の影は、三浦老人とは似ても似つかぬものである。

大きな男であった。

それだけしかわからないが、三浦老人ではないことだけはたしかだ。そうおもった瞬間に、

「どろぼう!!」

張りさけんばかりの声で、お福は叫んでいた。

顔を布で覆《おお》っていた大男は、愕然《がくぜん》となって飛びあがり、廊下を玄関の方へ向って走り出したが、つまずいて転んだとみえ、大きな物音をたてた。

「どろぼう、どろぼう!!」

連呼しながら、お福は夢中で、心張棒を板戸へ叩《たた》きつけた。

そのとき、廊下へ走り出て来た人影が、

「お福。そこにいるか?」

声をかけてよこした。三浦平四郎であった。

「お福、お福」

「はい」

「どこじゃ?」

「此処《ここ》にいます」

「怪我《けが》はないか」

「はい」

うなずいた三浦老人は、廊下を走って行ったが、やがて、戻って来て、

「曲者《くせもの》は逃げた。おどろいたろう。ま、あがれ」

やさしく、いった。

「もう、大丈夫とはおもうが……こちらへ来て眠るがよい」

長四畳の間を指して、

「わしが、となりにいるゆえ、怖くはないぞ」

いわれるままに、お福は自分の蒲団《ふとん》を長四畳の部屋へ移した。いまになって、お福は恐ろしくなり、躰が烈《はげ》しくふるえている。

「江戸へ来る早々に、とんだ目にあったのう。だが、よくやった。男でも、あれだけの声が出せるものではない。お前は、いくつだったたっけ？」

「十六、で、ございます」

「ふうむ」

有明行灯のあかりに、お福の顔を凝《じつ》と見て、三浦平四郎が、

「大分に、苦労をしたようだのう」

独り言のように、つぶやいた。

蒲団へもぐり込んだが、お福は目が冴《さ》えてしまい、眠れなかった。当然であろう。

(江戸は、怖いところだ)

泥棒《どろぼう》が入っても、三浦老人は、さしておどろく様子もなかった。してみると、こうしたことがめずらしくないのか。新発田《しばた》では、ろくに戸締りなどしなくても、安心して眠れたのに……。

「お福。お福……」

襖《ふすま》の向うから三浦平四郎の声がした。

「はい」

「眠れないのかえ?」

その声の口調が、まるで五平のようであった。隠居している身だというが、三浦老人は侍である。もとは、どのような身分であったか、お福にはよくわからなかったけれども、さっきの泥棒を追いかけて行ったとき、老人は刀を持っていなかった。

「さ、安心しておやすみ。むりもないが、お前なら、江戸でやって行ける。これからも心配することはない」

低い声だが、何となく安心感をおぼえた。

「それになあ……」

いいさして、ふくみ笑いをした三浦平四郎が、

「おれとお前となら、仲よく、やって行けるような気がする。どうだえ?　そうおもわないか?」

仲よくやって行けるというのは、どういうことなのだろう。

この老人もまた、神谷弥十郎《やじゅうろう》のようなまねをするつもりなのだろうか。そうはおもえない。そのつもりなら、いまこのとき、お福の蒲団へ入って来るはずだ。しかし、細い小柄な老人は、弥十郎ほどの腕力はあるまい。すばしこいお福なら、きっと逃げ

られるし、いまのお福には逃げる場所もあるのだ。

(そうだ。もし、何かあったら、久助さんのところへ逃げればいい。そうだ、そうしよう)

困ったときに逃げる場所がある、ということは、何と心強いことなのか。そうおもうと、お福は落ちついてきて、間もなく、ぐっすりと寝入ってしまった。

何か物音がする。

板へ何か打ちつけるような物音が断続してきこえる。その物音で、お福は目ざめた。

蒲団の中には自分独りであった。

(何だろう?)

半身を起して、となりの寝間の気配をうかがった。三浦老人がいる気配はない。

起きあがり、蒲団を自分の部屋の押入れにもどしたお福は、おそる、おそる、廊下を縁側のほうへ辿《たど》って行った。

この間にも、物音は絶えなかった。

(あれまあ……)

縁側から、前庭が見える位置まで出て来たお福は、おもわず、眼《め》を見はった。

三浦平四郎が、何かやっている。

前庭の一隅《いちぐう》に巾《はば》三尺長さ六尺ほどの厚い板が立ってい、それに向って三浦老人が何かを投げつけている。板との間隔は五間《けん》（九メートル）ほどであった。

老人が投げ打っているのは、手裏剣《しゅりけん》であった。

お福が、手裏剣だとわかったのは、後になってからで、そのときは妙な刃物を投げているとしかおもえなかった。

板には何カ所も、墨でしるしがつけてあり、それに向って投げつけるわけだが、三浦平四郎が投げる手裏剣は、一度もねらいが狂わず、墨のしるしへ命中した。

か細い、この老人の何処《どこ》に、こうしたちからが潜んでいたのであろうか。

振り向いた三浦老人は、お福をみとめ、

「見ていたのかえ？」

「はい」

「おもしろいか？」

「はい」

お福は、新発田にいたとき、幼少のころから男の子の友だちが多かった。家事に忙殺されながらも、男の子にまじって走り、飛びまわり、棒切れを振りまわして遊んだものである。

三浦平四郎が「此処へおいで」と、手招ぎをして、前庭へ下りて来たお福に、

「どうだ。お前もやって見るか？」

「はい」

お福は眼を輝やかせた。

「ほう。勇ましいな」

こうしたことなら、大好きなお福なのである。

二年後

一

二年後の夏が来た。

お福は、十八歳になっている。

この二年の歳月は、少なからぬ変化を、お福にもたらした。

あんなにか細かった躰《からだ》へ肉がついて、いかにも健康そうな娘に見えたが、その肉置《ししお》きは、必要の限度を越えなかった。骨身を惜しまずにはたらく所為《せい》であろう。

いまも、お福は、閑斎《かんさい》・三浦平四郎の許《もと》で下女をつとめていた。三浦老人は、七十歳になった。

「お福は、拾いものだった。おれが面倒を見て、よいところへ嫁がせてやろう」

三浦老人は、そう久助に洩《も》らしたそうな。

老人の世話は、神谷《かみや》弥十郎《やじゅうろう》を世話するよりは、骨が折れた。老人の好物をわきまえ、それを一通り、おぼえるまでに一年もかかった。亡《な》き弥十郎のように、味噌汁《みそしる》と香の物さえあれば文句をいわないのと、大分にちがう。老人が好む物は、息子の嫁のさとや、石原町の本宅にいる下女が教えてくれたが、ときには、老人自身が庖丁《ほうちよう》を取って、魚のさばき方などを教えてくれたし、

「今夜は、ひとつ、軍鶏《しやも》を食いに行こう」

お福を供に、行きつけの軍鶏なべ屋〔五鉄《ごてつ》〕へ連れて行ったりする。

浅草・橋場《はしば》の料亭〔不二楼《ふじろう》〕へ、お供をして、大川にのぞんだ立派な座敷で料理を食べたときなど、お福は、夢を見ているのではないかと、おもったほどだ。

下女を、このようにあつかう主人がいるであろうか。

見たことも、食べたこともない料理を、

「さ、おあがり」

老人が、すすめてくれて、

「今度ひとつ、このようなものを、お福にこしらえてもらおうか、な」

などと、いう。

お福は、眼を皿のようにして、その料理を見て、味をたしかめ、翌日、まねをしてつくり、膳《ぜん》にのせて出すと、

「おう、よくできた。えらいぞ」

ほめてくれる。

こうして、お福の頭の中の、料理の引き出しが、増えて行った。給金もくれるし、ときには着物も買ってくれる。

お福は生気にあふれ、見ちがえるばかりとなって、五平をおどろかせた。使いに出て、〔伊勢屋《いせや》〕の前を通るときなど、お福はかならず立ち寄り、五平の顔を見ることにしていた。

「よかった、よかった。お前の運も、ひらけてきたようだなあ」

六十二歳になった五平は、我が事のようによろこんでくれた。五平の様子に変りはないようだが、六十をすぎての帰り新参《しんざん》で、しかも下男だというのだから、いろいろと苦労があるらしい。

大旦那《おおだんな》の伊兵衛《いへえ》は大切にしてくれて、

「お前さんはね、私の用事だけしていればいいのだよ」

傍《そば》に置いて、はなさないのはよいのだが、それでは〔下男〕の奉公にならない。伊兵衛は、去年の夏すぎから、めっきりと弱ってきたので、何事にも「五平はいないか、よんで来ておくれ」ということで、

「ありがたいことだが、それが困るのだよ」

いつか、お福に、こぼしたこともあった。

「やっぱり、おれがいったとおりだ。お前には、江戸の水が合っているのだよ」

五平は口ぐせのように、お福の顔を見ると、そういった。

今年に入ってからの五平には、窶《やつ》れの色が濃くなるばかりであった。

「ああ、新発田《しばた》を出るのじゃあなかったかも知れない。躰がきかなくなってしまったので、何処《どこ》へも行けない」

たまりかねたように、お福へいうこともある。お福の心配といえば、元気をなくした五平のことのみであった。

こうして、お福が江戸の暮しに慣れるにしたがい、三浦平四郎の外出も多くなった。

そうしたとき、むろんのことに、お福が独りで留守居をするわけだが、平四郎が夜遅く、駕籠《かご》で帰って来るときも、いまは平気になった。

二年前の、あの夜以来、泥棒《どろぼう》が忍び込んで来るようなことはなかったが、本所界隈《ほんじょかいわい》では、ああしたことがめずらしくない。

つい先ごろも横十間川《よこじっけんがわ》に、斬殺《ざんさつ》された男の死体が浮いていて、大さわぎになった。

三浦老人は、しごく元気で、伊勢屋の隠居と碁《ご》を打つこともめずらしくないが、この夏からは、めったに伊勢屋へ行かぬようになった。伊兵衛が寝ていることが多くなったからであろう。

「碁は、あのじいさん、いい、いい、の病気にはよくないようだ」

と、三浦老人はいった。

老人は、おもうままに酒食をしたり、遊びに出かけたりする。将軍さまの家来のうちでも、身分が低い侍だと聞いていたが、老人の生活を見ていると、かなり裕福であった。そのくせ、本宅のほうは倹しく暮しているらしく、息子の平太郎が、ときどき金を借りに来た。

三浦平太郎は四十四歳で、二十《はたち》になる息子・彦蔵《ひこぞう》がひとりいて、「御新造《ごしんぞ》さま」と、お福がよんでいる彦蔵の妻・お千代は、神田《かんだ》・今川橋の菓子舗〔亀屋《かめや》勘次郎《かんじろう》〕の三女と聞いた。お千代は、でっぷりと肥えた女で、町育ちだけに、お福にも親切である。

それにしても、三浦平四郎の暮しには、余裕《ゆとり》がある。どこから金が入ってくるのか知らないが、近辺の人びとにも惜しみなく金品をあたえるし、何か食べに行ったりすると、心づけの金を惜しまない。少しも気取ったり威張ったりせず、口のききようなどは、まるで町人のようなところがある。

だから、近辺の人びとが馴《な》ついて、何かあれば、すぐに飛んで来てくれる。年末ともなれば、餅《もち》を届けてくるし、襖《ふすま》・障子の貼《は》り替えはむろんのこと、大の男が十人もやって来て、大掃除をする。

さて……。

この年の夏も過ぎようとする或《あ》る日のことであったが、お福はおもいもかけぬ、めずらしい人の顔を見た。

場所は両国橋の上だ。そのとき、お福は三浦老人の使いで、米沢町《よねざわちょう》三丁目に住む町医者・内田《うちだ》玄伯《げんぱく》の家へ、手紙を届けに出た。

昼すぎの日差しは、まだ暑かった。

両国橋は、寛文元年（西暦一六六一年）に架けられたもので、巾四間、長さ九十四間におよぶ大橋だ。

この日も、相変らず、橋上を行き交う人びとで混雑していた。日は、ほとんど中天にあった。

夕暮れになると、めっきり涼しくなってきてはいるが、日ざかりの暑さは、むしろ真夏のころよりも強《きつ》い。

お福は、三浦老人の手紙をしっかりと胸に抱え、両国橋を渡りはじめた。

対岸の両国広小路の盛り場にならぶ見世物小屋から、太鼓の音が風に乗ってきこえてくる。

お福が、橋の中ほどまで来たとき、

「ちょいと、お福さあん」

声が、かかった。

見ると、いましも北側の欄干に沿って、久助のむすめのお米《よね》が歩いて来て、立ち停《ど》まったところだ。

もしも、このとき、お米が声をかけなかったら、お福は、その男に気づかなかったにちがいない。

何しろ、大川の両岸からあつまる人の波であった。

お米も、その混雑の隙間《すきま》に、お福を見たのであろう。

このところ、しばらく久助の家にも顔を出していなかったし、したがって、お米に会うのも久しぶりであった。

「あら、お米さん」

二人の娘は、橋の両側から中央へ駆け寄った……そのときである。

駆け寄って、手を握り合おうとしたお福とお米の間を、一人の侍が、ぬっと通り過ぎて行った。

おもわず、その侍の横顔を仰ぎ見て、お福は、はっと足を停めた。

(あいつだ……)

侍は、お福に気づかなかった。

二

その侍は、松永市九郎《まつながいちくろう》であった。

五平のはなしによると、神谷弥十郎《かみややじゆうろう》を殺したのは、松永市九郎ということになる。

二年前の春に、殿さまの御前で、剣術の試合をして、神谷弥十郎は、松永市九郎に勝った。

「こっぴどく、叩《たた》きのめした……」

と、いう。

それを恨みにおもった松永が、弥十郎を殺害した。剣では勝てないので、弓矢までつかって殺した、ということになる。

松永市九郎は、その後、突然に新発田《しばた》城下から姿を消してしまったので、このうわさが尚更《なおさら》に、信憑性《しんぴようせい》をもって城下にひろまり、五平の耳へも入ったのであろう。

松永市九郎は、後も振り返らず、両国橋を東の方へわたって行く。夏羽織をきちんとつけ、髷《まげ》も結っていて、立派な身なりをしていた。

お福が、新発田城下で松永を見たときは、五平も一緒で、

「あれが、尾上町の外れに道場をかまえていなさる松永市九郎さまだよ」

五平が教えてくれたからわかったので、松永は、道の向うを通り過ぎて行っただけにすぎない。

だから松永が、お福を見知っていないのは、当然であった。

「お福さん……お福さん」

お米《よね》の声に、お福は我に返った。

「あ……」

「どうしたの？ そんなに怖い顔をして……」

「いえ……何でもないの」

「だって……」

「いえ、人ちがいだったの」

この間に、松永は橋上の雑沓《ざっとう》にまぎれ、姿が見えなくなってしまっている。

お米は、来年の春に嫁入りをするとかで、そのよろこびが、顔にも躰《からだ》にもあふれていた。

お米と別れ、米沢町《よねざわ》へ行き、用事をすませると、お福はすぐさま、本所へ引き返した。

伊勢屋《いせや》へ行き、通用口から入って、台所の女中に、

「五平さんは、いますか？」

そういうと、女中はすぐに五平へ通じてくれた。

通路で待っていると、五平が出て来た。

「お福か。何か、あったのか？」

「うん」

「変りなく、やっているかい。お前のところの旦那《だんな》が顔を見せないので、うちの大旦那がさびしがっていると、そうつたえておくれ」

「五平さん……」

「どうした？　そんな顔をして、何か、あったのか」

「新発田で、神谷の旦那を殺した松永市九郎が歩いていた」

「えっ……」

五平の顔色が、少し変った。

「どこで見た？」

「両国橋で」

お福が、すべてを語るのを聞いた五平が、

「いいか、めったな事をいうものではねえぞ。神谷の旦那を殺《あや》めたのが松永か、どうか……そいつはうわさだけで、おれたちは見たわけじゃあねえ。侍の世界のことは何もわからねえし、おれたちには、少しも関《かか》わりのないことだ。新発田のことは忘れろ、忘れろ」

ゆっくりと、諭《さと》すようにいったが、

「そうか。松永が江戸に来ていたのか……」

空間の一点に眼《め》を据《す》え、押し黙ってしまった。

その様子が、お福の眼には異様に映った。

ややあって、

「お福。それじゃあ、今日はこれで」

五平は、そそくさと、母屋《おもや》へ入ってしまったのである。

何だか置き去りにされたようで、お福はさびしかった。

小梅《こうめ》の家へ帰ると、三浦平四郎老人は縁側へ出ていて、足の爪《つめ》を切っているところであった。

「旦那さん。伊勢屋へ寄って、五平さんに会ってきました」

「ほう、そうかえ」

「伊勢屋の御隠居さんは、旦那さんがお見えにならないので、さびしがっているそうですよ」

「そうか。そんなことをいっていたかえ」

このときから夜まで、いつものように、お福はいそがしく立ちはたらいた。

三浦老人が寝間へ入ってから、お福は自分の部屋へ行き、蒲団《ふとん》を敷き、身を横たえた。

躰は一日の労働で疲れ果てているのだが、眼が冴《さ》えて寝つけなかった。

この夜、お福は神谷弥十郎の夢を見た。

夢の中の弥十郎は、暗い台所の土間に佇《たたず》み、うなだれていた。

いかにも、さびしげな弥十郎の姿を、たとえ夢の中にせよ、お福が見るのは初めてであった。

「旦那さんよう、そんな顔をして、どうしなさった？」

よびかけるお福に、弥十郎は、こたえようともせぬ。

「旦那さん。今日、両国橋で、松永市九郎を見ましたよう。憎いやつですねえ、旦那さんを殺して……」

弥十郎は、うなだれたままだ。

朝、目ざめてからも、その神谷弥十郎の物寂しげな姿が、お福の脳裡《のうり》にこびりついてはなれなかった。

（どうしてだろう？）

新発田を出てからは、嫌《いや》な、忌《いま》わしい思い出をすべて忘れようとつとめてきたし、いまのお福は、ほとんど忘れてしまったといってよい。

だが、昨日、松永市九郎を見かけてからは、神谷弥十郎のことが無意識のうちに、お福の胸の底に浮かびあがってきたようだ。なればこそ、弥十郎の夢を見たのであろう。

（旦那さん。あんなに、強かったのに、弓矢なんかで殺されてしまって、可哀想《かわいそう》に……）

新発田の家の台所で、自分を押し倒し、獣《けだもの》のように犯したときの、弥十郎の激しい息づかいが、お福の耳によみがえってきた。

躰が粉々になってしまうかのような痛み、そして血の色……以前は、おもい出すことすら忌わしかったのに、いまは、そうではない。何故《なぜ》だろう？

死ぬ前に、何の予感がしたものか、五平へ餞別《せんべつ》の金をわたして行ったという神谷弥十郎。あのとき、五平に見送られて、道場を出て行った弥十郎。庭で、鼠《ねずみ》の糞《ふん》を味噌《みそ》汁《しる》に入れた自分を見て、さびしげに微笑を洩《も》らした神谷弥十郎。

「旦那さん……」

小声で、お福は弥十郎に呼びかけてみた。

お福の躰の奥深いところに、強烈な感覚が起ったのは、その瞬間であった。

「あ……」

おもわず、お福は呻《うめ》いた。

これは、何であろう。

疼《うず》くような、激しい感覚であった。

お福は、蒲団を両腕に抱え、

「旦那さん……旦那さん」

つづけて、呼びかけた。

お福の両眼から、われ知らず、熱いものがふきこぼれてきた。

いつの間にか、部屋の中が薄明るくなってきている。

お福が、蒲団から出る時間であった。

三

江戸へ来て二年の歳月は、たしかに、お福を変えた。

だが、これほどに変った姿を見せようとは、お福自身が、おもってもみなかったことである。

起床したお福は、いま、前庭の一隅《いちぐう》に立っている。

五間《けん》をへだてて、主人の三浦平四郎老人が手裏剣《しゆりけん》の稽古《けいこ》につかうのと同じような板が立っていた。

板には、墨で丸いしるしが描かれている。

お福は両眼を閉じ、呼吸をととのえた。

その左手には、数本の手裏剣がつかまれてい、そのうちの一本を、お福は、しずかに右手へ移した。

何処《どこ》かで、しきりに、鶏《とり》が鳴いている。

お福の両眼が、ぱっと開いた。

「えッ……」

低い気合声と共に、お福の右手《めて》があがり、手裏剣が朝の大気を切り裂いて疾《はし》った。

手裏剣は、墨で描いた的へ見事に突き立った。

早くも左手《ゆんで》の手裏剣を右手へ移し取ったお福が腰を沈め、沈めた腰がすっくと伸びたかとおもうと、第二の手裏剣が手をはなれている。

これも、的へ命中した。

「畜生！」

お福の気合声が、突如、憎しみの声に変った。何故だか、わからない。

十本の手裏剣は、五本が的へ命中し、五本が外れた。

投げ終えた手裏剣を拾い、お福が振り向いたとき、縁側に三浦平四郎の姿があった。

「お福。今朝は、いささか調子が狂っているようじゃな」

三浦老人が笑いながら、そういった。

読者は、二年前に、お福がこの家へ来た翌朝、三浦老人が手裏剣を投げ打っていた情景を、おぼえていられよう。

そのとき、三浦老人は「おもしろいか?」と、問いかけ、お福が「はい」と、こたえるや、

「どうだ。お前もやって見るか」

冗談半分にいうと、お福は眼を輝やかせて、

「はい」

と、こたえた。

そもそも、これがきっかけとなって、お福は手裏剣の稽古をはじめたのである。

つまり、教えるほうも教わるほうも、はじめは面白半分だったのだが、

「よいか。手裏剣は、このように持つのだ。そして、腰で投げ打つ。手で投げるように見えても腰で投げる、といっても、お前にはわかるまいが、まあ一つ、やってごらん」

一通り、投げ方を教わってから、お福は的に向い、無造作に手裏剣を投げつけた。

ところが、これが的へ命中したではないか。

「ふうむ」

凝《じっ》と、お福の様子を見まもっていた三浦老人が低く唸《うな》り、

「もう一度、やってごらん」

「はい」

また、無造作に投げた。

と……これも的へ命中したのである。

「もう一度」

と、三浦老人の声が変ってきた。

「はい」

また投げる。これは外れた。

つぎも、そのつぎも外れた。十本のうち命中したのは二本。八本は的を外れたが、しかし、板へは突き立った。そのことだけでも、大したものであった。

「お福、おもしろかったかえ？」

また、三浦老人が念を押すように訊《き》いた。

「はあ。おもしろいです」

「これから、毎朝、わしが起きる前に、稽古をつづけてみるか？」

「はあい」

「お前には、手裏剣の天分があるわえ」

「てん、ぶん？」

「ま、よい。お前のような天分を持つ者は、百人にひとり、いや、千人にひとりか……」

何だかわからぬが、老人は、ほめてくれているようであった。

「わしが手ほどきをすれば、きっと上達する。だがな、これだけは、よくおぼえておくことだ」

「はい？」

「手裏剣のみならず、たとえば刀にせよ、どんな刃物にせよ、間ちがって使えば、人を傷つける。また、殺しかねない。同時に、我が身にも危難がおよぶことになる。なればこそ、わしも侍の端くれだが、刀というものは、この家に一つもない。昨夜、泥《どろ》棒《ぼう》が入ったときも、わしは刀を抜かなかった。いや、刀がないから抜けないのも当り前だ」

この言葉は、お福にも、よくわかる気がした。

「ならば、何故、わしが手裏剣の稽古をするかというと、先《ま》ず、躰《からだ》が丈夫になる。躰のためによいということが一つ。さらに、何も彼《か》も忘れて稽古をしていると、つまらぬことや悩み事をすべて忘れることができる。人間という生きものにとって、これは、とても大切なことなのだ。わかるか？」

わかるような気もしたが、二年前のお福は何といっても十六歳の少女であったから、半分はわからなかった。いまのお福は、よくわかっている。

三浦老人は、手裏剣を腰で投げ打て、といったが、十六の少女にはわからぬのが当

然であろう。ところが三浦老人にいわせると、

「その一言を、お福は、その場で体得したようじゃ」

なのである。

このあたりが、天分というもので、理屈ではわからない。

さて、二年後のいま、三浦老人に、

「今朝は調子が狂っている」

そういわれたが、何故、調子が狂ったのか、お福にはわからない。いつもなら、十本のうち七本か八本、ときには十本のすべてが的へ当るようになっていた。

けれども、お福は手裏剣の稽古をしていることなど、だれにも打ちあけてはいなかった。五平にすら洩《も》らしていない。

これは三浦老人と、かたい約束をしたからである。

「女だてらに手裏剣をやっていることなど、世間に知れたら、嫁のはなしもなくなる。よいか、このことはないしょ、ないしょだぞ」

と、三浦平四郎は厳しい顔つきになった。

そもそも、三浦老人が、根岸流・手裏剣の名手であることを、このあたりのだれも知らない。だから稽古は、早朝にかぎられている。

いまも、

「少し早いが、わしも稽古をするかな」

三浦老人は、自分用の手裏剣をつかみ、前庭へ下りて来た。

夏の、早朝の微風は、ことにこころよい。

お福は、全身が汗ばんでいた。

的のしるしがついている厚い板から、自分の手裏剣を引き抜き、三浦老人に一礼してから、

「では、朝の御仕度をいたします」

「うむ」

にっこりと、老人がうなずく。

お福は井戸端で水を浴び、台所へ入って躰を拭《ふ》いた。竈《かまど》の火は、すでに起してある。

味噌汁《みそしる》の仕度にかかったが、今朝にかぎって、新発田《しばた》の神谷《かみや》道場の台所が脳裡《のうり》に浮かんできて、消えなかった。弥十郎《やじゆうろう》の味噌汁に、精一杯の反抗として、鼠《ねずみ》の糞《ふん》をきざみ入れた少女の自分が、今朝は、しきりにおもい出されてくる。

何だか、切なくなり、わけもなく、お福は泪《なみだ》があふれてきた。

亡《な》き神谷弥十郎がくれた餞別《せんべつ》の金は、いまも大切にしまってある。

(そうだ。周円寺の和尚《おしよう》さんに、旦那の供養《くよう》のお金を送ろう)

そうおもったとき、窓際《まどぎわ》に人影がさした。ときがときだけに、はっとなったお福の

耳へ、

「ごめん」

ふとい男の声が、外から聞こえた。

秋山小兵衛《あきやまこへえ》

一

「はい。どなたさまでございますか?」

台所の内から、お福がこたえると、

「秋山小兵衛と申します。三浦先生に、お取次を願いたい」

ふとい声が、少し低くなった。

夏のことだから、台所の窓は開けはなってある。その窓の外にいる人の顔は、見えなかった。

顔は見えなかったが、総髪《そうがみ》の頭は見えた。その髪に少し、白いものがまじっている。

つまり、窓の外に頭だけしか見えぬほど、背が低い男らしい。もっとも、この家の台所の窓は高めについている。

「ちょっと、お待ち下さい」

声をかけ、背伸びをして窓外を見ると、まさしく小男の客が立っていて、にこりとお福に笑いかけた。

無外流《むがいりゅう》の剣客《けんかく》・秋山小兵衛は、この年、五十三歳で、後年の小兵衛とは風貌《ふうぼう》が少々ちがう。声もふとく、背は低いが肉づきもよくて、小肥《こぶと》りの体格をしていた。

しかし、お福が一目で好感を抱いたように、態度物腰がやさしげで、上品な顔だちをしていたことは事実であった。

お福が、三浦老人に知らせると、

「おお、秋山先生がまいられたか。これへ、お通ししなさい」

主人の口調には、親しみがこもっていた。

お福が、外へまわり、

「こちらへおいで下さいまし」

「はい、はい。お前さんが新しく来た女中さんか？」

「はい」

「はなしは、この春に三浦先生から、聞きおよんでいた。よく、はたらいてくれるそうな。三浦先生も大層、よろこんでいるようだ」

秋山小兵衛を見るのは、お福にとってはじめてのことであるが、三浦平四郎と小兵衛とは、時折、外で会っているらしかった。

三浦老人が、自分が奉公に来たことをよろこんでいると聞いて、お福はうれしかった。

通路から前庭へ出て行った小兵衛を見るや、

「おお、秋山先生……」

三浦老人は、親しげに声をかけた。

「三浦先生。お稽古《けいこ》中でしたか？」

「いや何。さ、どうぞ、こちらへ」

「このように、早い時刻に参上して、申しわけもありませぬ」

「何の……」

と、二人の老人は礼儀正しい挨拶《あいさつ》をかわし合った。

「お福。朝の膳《ぜん》を、秋山先生にもさしあげてくれ」

「はい」

「いや、おかまいなく」

「何の、この娘がこしらえるものは、なかなかに旨《うま》い」

「ほう。それは先生、何よりの仕合せというものですな」

語りはじめた二人を後にして、お福は台所へもどった。

味噌汁《みそしる》には、茄子《なす》を、ちょっと網で焼いて入れることにした。あとは瓜揉《うりも》みに鯵《あじ》の干物《ひもの》。この鯵は、三浦老人みずから手にかけて軽く日に干したもので、なかなか旨いのだ。

お福が膳を運んで行くと、秋山小兵衛は客間へあがっていて、膳ごしらえを見るや、

「ふうむ。なるほど、よく出来ている」

と、つぶやいたのである。

「この娘も江戸へ来て二年になりますからな。だいぶ江戸の水にも馴染《なじ》んだようです」

「先生の御丹精で……」

「いや、何。ときに今日は早くからどちらへ？」

「昨夜、鐘《かね》ケ淵《ふち》までまいりまして、或《あ》る絵師の家へ泊めてもらいましてな」

「ほう」

「実は先生。今度、その絵師の家を買うことにしました」

「と、四谷《よつや》の道場は？」

「もう、剣術はやめることにしました」

「えっ」

「おもうことあって、隠居をすることにしたのです」

「まだ早い。たしか、五十を出たばかりではなかったか……」

「さよう。なれど五十でも六十でも、嫌《いや》になったものはどうしようもないものです」

いいながら小兵衛が、味噌汁を一口啜《すす》ってみて、さも旨そうにうなずき、お福を見やって、もう一度、うなずいて見せた。

秋山小兵衛が、およそ二十も年上の三浦平四郎を「先生」と敬まって呼ぶのは、三浦老人が手裏剣の名手であることを、わきまえているからであろう。

三浦老人も小兵衛のことを「秋山先生」と呼ぶ。これをもってしても、秋山小兵衛は、かなり、すぐれた剣客にちがいない。

給仕をしながら、二人の語り合うのを聞いて、そのことが、お福もよくわかった。

小兵衛には一人の息子があり、いまは、諸国をまわって、剣術の修業中であることもわかった。

食事をすませてからも、二人は長い間、親しげに語り合っていた。お福は台所へ下って後始末にかかった。

「三浦先生。このごろ、碁《ご》のほうはいかがです？」

と、小兵衛。

「それが碁敵《ごがたき》の、伊勢屋《いせや》の隠居が病気になってしまって、訪ねれば、きっと碁を囲むことになるので、病《やまい》に悪いとおもい、遠慮をしているのです。どうです、秋山先生。久しぶりに、お相手を願えませぬか？」

「のぞむところでござる」

三浦老人が碁盤を持ち出して来て、二人は碁を打ちはじめた。

「そちらの碁敵は？　ほれ、町医者の何とか申された……」

「あ、小川宗哲《おがわそうてつ》先生。この方も本所《ほんじょ》に住んでおりますから、私が鐘ケ淵へ引き移ってまいると、大変に便利なのでござる」

「ひとつ、私にも小川先生に、お引き合わせを願いたい」

「はい。承知いたしました」

「これは、たのしみじゃ。秋山先生が近くへ住むようになると、その小川宗哲先生とも、お近づきになれ、碁が打てますねえ」

「さよう」

「たのしみじゃ。これは、うれしい。して、いつごろに引っ越してまいられる？」

「さて……いささか、手を入れたいところもありますので、年内には」

「待ち遠しいおもいがしますね」

「三浦先生……」

「はい」

と、三浦老人がこたえたときに、お福が茶を運んで客間にあらわれた。

「三ツ目《みつめ》通りの角に、花駒屋《はなこまや》という蕎麦《そば》屋がありますな」

「そこで、十日に一度ほど、碁の好きな者があつまるそうで」

「ほう」

「御存知ではありませんでしたか？」

「いや、知りませんでした。さようか、あの蕎麦屋がそんなことを……」

「昨日、店の前を通りましたが、小ぎれいな店がまえです。三浦先生も一度、お出かけになったらいかがなもので？」

「さっそく、行ってみましょう」

和気藹々《あいあい》と語り合う様子が、お福の目にも好ましかった。

秋山小兵衛は、とうとう夕餉《ゆうげ》ころまでいて、三浦老人の碁の相手をした。

お福は、心をこめて、夕餉の膳の仕度をととのえた。

「あの女中は、なかなかに、よくやってくれます。実は……」

三浦平四郎がいいかけると、秋山小兵衛が、すかさず、

「三浦先生。お仕込みになりましたな」

「おわかりか？」

「躰《からだ》のうごきを見て、そのように感じられました」

「あのような娘でも、天性のものがあるのでござるな」

「ふむ、ふむ」

「二年前に、私が手裏剣《しゆりけん》の稽古をしているのを、さも面白げに見ていますので、冗談半分に、お前もやってみるかといいますと、ためらうことなくはいと、こたえました」

「ほほう」

「投げさせてみると、おどろいたことにこれが……」

だれにも語らぬことを三浦老人が秋山小兵衛に打ちあけたのは、よほどに、この剣客を信頼しているからであろう。

この日、小兵衛は夜に入ってから帰って行った。

その帰りぎわに、お福の手に紙へ包んだものをつかませて、

「今日は、御苦労さまだったね」

やさしく、そういった。

後で紙を開いてみると、二分金《にぶきん》が入っているではないか。当時の二分は心づけともいえぬ大金だ。お福がびっくりして三浦老人に告げると、

「あの人は、まことに気前のよい御仁《ごじん》なのだ。いただいておおき」

「いいのでしょうか、こんなに……」

「いいとも、いいとも。わしも、あの人の家にいる女中に、ちゃんとお返しをするか

ら」

二

その翌日の午後、三浦平四郎は、お福に、

「お前も、一緒においで」

さそって、共に外へ出た。

「昨日、秋山先生から聞いた、花駒屋《はなこまや》という蕎麦屋《そば》を、ちょいとのぞいてみよう」

川沿いの道を、まっすぐに南へ行けば、本所・柳原町一丁目へ出る。其処《そこ》を右折すれば、三ツ目橋で、橋の袂《たもと》から北へ向う通りが三ツ目通りだ。

〔花駒屋〕は、大岡兵庫頭《おおおかひょうごのかみ》の屋敷と道を隔てた角にあった。

開店して間もないと見え、小ぎれいな店がまえだ。三浦老人も、このあたりはよく通るから花駒屋の存在は、知らなかったわけではないが、月のうち何度か、二階座敷が碁会所のようなものになっているとは知らなかった。開店早々の蕎麦屋が、そんなことをするのも、一つには〔客寄せ〕のためなのであろうか。当時は、よくあったことなのである。

三浦老人とお福が入って行くと、

「いらっしゃぁい」

小女《こおんな》が威勢のよい声で、迎えた。

「さて、お福は何にする?」

品書きを見て、お福は〔つけとろそば〕というのをえらんだ。

「ふうん。めずらしいものがあるのじゃな。わしも同じものにしよう」

お福は、こういうときに遠慮をせず、何でも好きなものを注文する。遠慮をすると主人の三浦老人のきげんが悪くなるからだ。

つけとろそばというのは、普通のそばに、卵と山芋の擂《す》りおろしたものが別についていて、蕎麦汁《つゆ》を自分で加減し、まぜ合わせ、蕎麦をこれにつけて啜《すす》り込むのであった。

食べてみると、なかなか旨《うま》い。汁の加減がよく、山芋がよい。蕎麦も悪くない。

「お福。ちょいと旨いな」

「はい」

「今度、うちでもやってごらん。いまのお前なら、わけもないことだ」

「はい。明日にでも」

「別に急がなくてもよいが……」

いいさして、三浦老人が小女に、

「この店では、碁会所をやるそうだね?」

「はい。今度は、明後日《あさって》でございます」

「そうか。で、だれでも入れるのかえ?」

「はい、はい。来ていただいたお客さんには蕎麦が出ます」

やはり、客寄せに、やっているらしい。

「そうか。よくわかった。ありがとうよ」

と、三浦老人は、こんなことでも小女に心づけをわたすのである。そんな老人を、いまは見慣れたお福だが、はじめのうちは、

(どうして、うちの旦那《だんな》は、つまらないお金をつかうのだろう?)

ふしぎでならなかったものだ。

花駒屋を出ると、三浦老人が、

「お福。わしは久しぶりに伊勢屋《いせや》の隠居を見舞って帰る。お前は一足先に帰っていておくれ」

「承知いたしました」

そのときであった。

三ツ目橋をわたって来た男を見て、お福の顔色が変った。

男は、松永市九郎であった。今日は灰色の単衣《ひとえ》に夏袴《なつばかま》をつけ、白扇で日ざしを避け

つつ、ゆっくりと、こちらへ歩いて来る。

三浦老人は、お福が顔色を変えたことにも気づかず、いつものように、短刀ひとつ帯びぬ無腰《むごし》の姿で、〔伊勢屋〕の方へ歩み去った。

松永市九郎は、自分を見知らぬと、わかっていても、お福は何となく怖《おそ》れる感じで、〔三好屋《みよしや》〕という足袋問屋の軒下へ身を移して見まもった。

すると市九郎は、ゆったりとした足どりで、お福がいま、出て来たばかりの花駒屋へ入って行った。

お福は、何となく、嫌な予感をおぼえた。

（あいつ、このあたりに住んでいるのか？）

このことである。

一度ばかりか二度までも、本所界隈《かいわい》で松永を見かけたというのは、彼が本所の土地と何かのつながりがあると看《み》てよい。

それにしても、松永市九郎は何故《なぜ》、花駒屋へ入って行ったのであろう。

蕎麦を食べに来たのか？　おそらく、そうであろう。たしかに、このときの松永は蕎麦を啜りに来た。松永にとって、花駒屋は、なじみの店になっている。

松永が花駒屋を知ったのは、花駒屋で、碁を打つようになってからだ。

また、もしも、秋山小兵衛によって、花駒屋の存在を知らなかったら、三浦平四郎老人は花駒屋へ足を向けなかったろうし、花駒屋で碁を打つこともなかったろう。三浦老人がひいきにしている蕎麦屋は、両国橋に近い〔原治《はらじ》〕という老舗《しにせ》である。

松永市九郎が花駒屋へ入って行ってからも、お福は、三好屋の軒下に立ちつくしていた。

このときの、お福には、当然ながら市九郎の後を尾《つ》けて、その住居《すまい》をたしかめようという気はない。

ただ、嫌な男を見た、旧主人の神谷《かみや》弥十郎《やじゅうろう》を殺した男が、このあたりに住み暮しているらしいということがわかっただけである。

まさかに、いまの主人の三浦平四郎老人が、松永市九郎と関《かか》わり合いをもつ、などとは、夢にも想《おも》ってみなかった。

しかし、それが現実のものとなったのだ。

この日の夕暮れになって、帰って来た三浦老人が、

「お福。伊勢屋の隠居も、そう長いことはあるまいよ」

と、いった。

「そんなに、病気が？」

「うむ。もう、ろくに口もきけなくなってしまった」

「まあ……」

お福は、伊勢屋の隠居が死んでしまったら、

(五平さんが、困るにちがいない)

そうおもったが、三浦老人には黙っていた。

この夜、寝床へ入ってから、お福はまた、神谷《かみや》弥十郎《やじゆうろう》の夢を見た。

夢の中の弥十郎は血みどろの姿で、胸に弓矢が突き立っていた。

「旦那さん……旦那さん」

夢の中で、お福が何度も呼びかけたけれども、弥十郎は、こたえなかった。

三

その夜、夢にあらわれた神谷弥十郎は、この前と同様、哀《かな》しげにうなだれたまま、一度も、お福を見ようとはしなかった。

猛々《たけだけ》しい暴力をふるって、お福を犯したときの弥十郎とは別人のようであった。

「旦那《だんな》さん。なぜ、あのときのように、してくれないのですよう」

お福が、そういってもこたえない。

凝《じつ》と、うなだれたままなのである。

さて、その翌々日になると、三浦老人は、

「お福。今日は花駒屋《はなこまや》へ行ってくるからな」

言いおいて、出かけて行った。

今日、花駒屋の二階が碁会所になることは、お福も知っている。

「行っていらっしゃいまし。今夜は、あのつけとろそばをこしらえておきますが、いかがでございますか？」

「そうか、よし。それなら、花駒屋では蕎麦《そば》を口にせぬことにしよう」

三浦老人が帰って来たのは、夜になってからだ。

「なかなか、面白かったぞ」

「そうでございましたか」

お福の言葉づかいは、この二年間にすっかり変ってきている。それも、三浦老人の仕込みなのであろう。

「碁の好きな連中があつまって来て、かなり、にぎわっていたよ。わしも、いままで碁を打ってきた。気の合う相手が見つかってな」

「それは、ようございました」

「さて、つけとろそばはできたのかえ？」

「はい。花駒屋のにはかないませんが、久しぶりで蕎麦を打ってみました」

先《ま》ず、酒の肴《さかな》を出しておいて、お福は山芋を擂りにかかった。

ざっと湯を浴びた三浦老人は、膳《ぜん》を縁側へ運ばせ、

「いつまでも、暑いのう」

「はい」

「これは、よい酒じゃ。いつものとはちがうな。どこで仕入れた？」

「先日、秋山先生が、お手みやげに下さいましたので」

「お、そうか。なるほど、あの人は酒食にもうるさいだけあって、よい酒じゃ。あの人はな、無外流という剣術の達人でのう」

「はあ……」

「わしの手裏剣どころではない。名前は、さほどに知られていないが、わしは名人じゃとおもっている。そこへ行くと、わしなどは手裏剣を投げることはおぼえたが、剣術のほうは、からきし駄目《だめ》じゃ」

「だから、刀をお差しにならないのでございますか？」

「そうかも知れぬ。剣術を知らぬ者にとって、大小の刀は無用じゃ」

お福が出したつけとろそばを、

「よくできた」

ほめて、三浦老人は旨《うま》そうに啜《すす》り込んでくれた。

この夜、またしても亡《な》き神谷弥十郎が夢に出て来た。

弥十郎は、むかしのように、荒々しく、お福を抱きしめ、

「お福、お福……」

連呼しながら犯した……と、いうよりも狂おしく愛撫《あいぶ》をした。なんとなれば、お福のほうでも喜悦して、双腕《もろうで》に弥十郎の躰《からだ》を抱きしめたのだから、犯されたということにはならない。

翌朝、目ざめたとき、お福はびっしょりと全身に汗をかいていた。

暗いうちに起き、毎朝の例によって、前庭へ出たお福は手裏剣《しゅりけん》の稽古《けいこ》をはじめた。

どうしたわけか、今朝は調子がよくない。

何本投げ打っても、的へ命中しなかった。

「お福」

いつの間にか縁側へあらわれていた三浦平四郎が、

「どうした？　昨夜《ゆうべ》は、よく眠れなかったのかえ？」

「いいえ……」

「今朝は、いくら投げても的に当らぬではないか。お前にしては、めずらしいことじゃ」

「…………」

「それとも、何かあったのか？」

「いえ、別に何でもございません」

「それならよいが……よいか、お福。お前は縁《えん》あって、わしのところへ女中に来てくれた。まことに、よくつとめてくれる。わしは、ありがたくおもっているのじゃ」

「も、もったいないことで、ございます」

「いや、まことのことだ。人と人との縁《えにし》というものは、あだやおろそかなものではないぞ。なるほど、お前は当家の女中だが、わしは娘とも孫ともおもっている」

「も、もったいない……」

「だから、何ぞ気になることや、おもい悩むことがあれば、遠慮なく申すがよい。もしや、わしのところにいるのが、嫌《いや》になったのではあるまいな？」

「とんでもございません。とんでもないことでございます」

「本当か？」

「はい。私は、こちらさまへ御奉公にあがってから、ほんとうに仕合せになったのでございます」

「そうおもってくれるか？」

「はい。はい」

「よし。それを聞いて安心をした。これからも、たのむぞ」

「一所懸命に、御奉公をさせていただきます」

「うむ」

うなずいて、お福を見つめた三浦平四郎の両眼《りょうめ》には、慈父のような愛がこもっている。

「わしはな、お福……」

「はい」

「いや、わしの先行きも長くはあるまい。わしの死水《しにみず》は、お前にとってもらうつもりでいるのじゃ」

お福は、感動して言葉が出なかった。

三浦老人は、お福が来てからの二年間、ほとんど病気をしたことはない。おそらく、その前から健康だったのであろう。なるほど老齢にはちがいないが、この老人が死ぬことなど、お福は考えてもみなかった。

だが、三浦老人の死水を、お福がとることになるのは事実であった。人間の死は、おもいもかけぬところから、突如として襲いかかって来る。年齢にかかわらずだ。

この朝、三浦老人は、こんなことをいった。

「近いうちに、別なものを、お前に教えてあげよう。もう、そろそろ、いい時分じゃ」

「何でございますか?」

「ま、たのしみにしているがよい」

「はい」

「さ、もう一度、投げてごらん」

「はい」

気分も落ちついたのか、今度は十本のうち八本が的へ命中した。

「よし」

うなずいた三浦老人が、

「いまのは、よかったぞ。まさに、腰で投げ打っていた」

ほめられて、お福はうれしくなった。

「今度は、根岸流の手裏剣のうち、蹄《ひづめ》というものを、お前につたえよう」

「ひ、ひづめ？」

「うむ。これはな、めずらしいものだが、いまのお前なら、充分につかえる。だが、お福。いつも申すことだが、生きものに手裏剣を投げてはならぬぞ。わしは、手裏剣の稽古をはじめてから五十年になるが、ただの一度も人を殺したり、傷つけたりしたことはない。そのことを、よくおぼえておけ」

四

それから五日後に、また、花駒屋《はなこまや》に碁《ご》の会があって、三浦老人は出かけて行った。

「なかなか、よいところだ。人品のよい人びとがあつまっている。秋山先生はよいところを教えて下すった」

毎日、暑い日がつづいているが、夕暮れになると、そこはかとなく涼しい。秋が近づいているのだ。

三浦老人は、お福に約束をした、〔蹄《ひづめ》〕とやらの稽古《けいこ》を忘れたように毎日をすごしている。

そうした或《あ》る日の夕暮れに、激しい驟雨《しゅうう》があった。

その雨の中を、伊勢屋《いせや》の手代《てだい》が走って来て、

「ただいま、大旦那《おおだんな》様が息を引きとりましてございます」

と、告げた。

「そうか、いけなかったか。よし、すぐにまいる」

三浦平四郎は、お福に手つだわせて衣服をあらため、伊勢屋へ弔問におもむいた。

雨は熄《や》んでいる。三浦老人を送り出したあと、お福は戸締りにかかりながら、

（五平さんは、これからどうなるのだろう？）

心配でならなかった。

五平は以前から、

「大旦那が、もしも亡《な》くなったら、おれは伊勢屋にはいられないかも知れない」

お福に、そう洩《も》らしていた。

（でも、甥《おい》の久助さんがいるのだから、悪いようにはしないだろう）

伊勢屋の当主・清兵衛《せいべえ》は、むかし、女の不始末から店の金をつかい込み、姿をくらました五平をこころよくおもっていない。つかい込んだ金はそれほどの大金ではなく、二十五両ほどだそうな。

しかし、

「あんなものを置いておくと、店の奉公人のためにならない。お父《とっ》つぁんがいなければ寄せつけはしなかったのに」

清兵衛は、そういっているらしい。

久助のはなしによれば、つかい込んだ二十五両は、五平が何処《どこ》からか送ってきて、それを久助の手で返してあるという。

なんといっても、大旦那あっての五平なのだから、その庇護者《ひごしゃ》に死なれては、五平の身もあやうい。

亡くなった大旦那は、五平について、こういっていたそうだ。

「五平は、うちへ奉公に来たときから律義《りちぎ》にはたらいて、見どころのある男だった。だから私は目をかけていたし、女の一件で店を飛び出したときも、私に打ちあけてくれれば、何のこともなかった。若い者にはよくあることだ。それを自分からは何もいわず、飛び出してしまったのは、五平という男が律義な男だからだ。五平も年をとって帰って来たのだから、一生、面倒をみてやろうと私はおもっている」

病気がちの大旦那がそういっても、店の者は、現当主の清兵衛のいうことに従う。大旦那は、やがて死ぬだろうし、清兵衛のきげんを損ねては、自分たちの出世に影響する。世代が替るときは、どこの店でも同じであった。

久助とても、あまりに五平の味方をすると、不利な立場になることは、いうまでもない。

その所為《せい》か、この前、お福が久助の家を訪ねたときに、

「いまの旦那が、あれほど、叔父さんを憎んでいるとはおもわなかった。大旦那さえ、ゆるしてくれれば心配はないとおもっていたのに……このごろの叔父さんを見ていると気の毒で仕方がないけれど、私の手では、どうにもできない。困った、困った」

声をひそめて、そういったことがある。

「叔父さんの死水《しにみず》は私がとります」

とまで言った久助だが、いざとなると、伊勢屋の奉公人から抜けきれないのだ。なまじ、五平の死水をとったりしたら、旦那の清兵衛の憎しみが久助にまで、かかってくる。それを恐れているらしい。

(伊勢屋の旦那は、どうして、それほどまでに五平さんを憎むのだろう?)

お福は、納得が行かなかった。

(そうだ。此処《ここ》の旦那さまにたのんで、五平さんを使ってもらおう。旦那さまは裕福に暮していなさるし、給金はいらないといえば、きっと、使って下さるにちがいない)

そこまで考えて、

(けれど、此処には五平さんのする用がない)

ことに、お福はおもい至った。

お福ひとりで、充分に用は足りている。

たとえば、お福が他の奉公先へ移り、そのかわりに五平を雇ってもらうことにしても、五平では食事の仕度ができない。

(ああ、どうしよう?)

考えあぐねているとき、三浦老人が伊勢屋の手代に送られ、家へ帰って来た。

お福に着換えを手つだわせながら、

「ああ、伊勢屋の隠居は、おだやかな死顔をしていた……」

ためいきのように、三浦平四郎がつぶやいた。

「あの……」

「何だえ？」

「五平さんは、どうしておりましたでしょうか？」

「黙って、よく立ちはたらいていたようだが……」

いいさして、三浦老人は急に沈黙したが、ややあって、

「これからは、五平も、はたらき辛《づら》くなるだろうな」

「はい」

老人は、お福の胸の内を推し量るように見まもって、

「お前も、さぞ心配だろう？」

すべてを見とおしているかのような老人の言葉に、

「はい」

こたえた途端に、われにもなく、お福の両眼から熱いものがふきこぼれてきた。

「うむ」

大きくうなずいた老人は、

「ま、わしも思案してみよう」

と、いった。

「……?」

老人が、五平について思案をしてくれるというのは、どんなことなのであろう。即座に問いかけることはしなかったお福だが、

(きっと、五平さんの身の振り方について、考えていて下さるのだろう。もし、そうなら、心強い)

何だか、先行きが明るくなったような気分で台所へ行き、茶の仕度にかかった。

茶を持って、居間へ引き返すと、三浦老人は肘《ひじ》を枕《まくら》に寝ころんでいたが、

「お福。この間、ちょっとはなしておいた蹄のことだが、明日の朝から、稽古をすることにしよう。よいか?」

「はい」

「五平のことは、あまり気にかけるな。あの男は、おもいのほかに、しっかりしたところがある。大丈夫じゃ」

「そ、そうでございましょうか?」

「大丈夫、大丈夫。さて、寝る仕度をしてくれぬか。通夜《つや》というものは疲れるものじゃ」

老人の寝床の仕度は、すでに、ととのえてある。

お福も自分の部屋へ入って、寝る仕度にかかった。

五平のことが気にかかり、きっと眠れないだろうとおもったが、果して、なかなか寝つけない。そこで起きあがり、針箱を出して、少し、つくろいものをすることにした。

と……。

台所の戸を低く叩《たた》く音がして、

「もし、もし……もしもし……」

しのびやかに、呼ぶ声がする。

土間へ出て行き、お福が、

「どなたさまでございますか？」

問うと、

「お福ちゃんか、ちょっと……ちょっと開けておくれ」

聞きおぼえのある、五平の甥・久助の声であった。

また、雨の音がしてきた。

戸を開けると、紙のように白い顔をした久助が飛び込んで来て、

「叔父さんは、来なかったかね？」

と、いうではないか。

五

五平は、三浦平四郎が帰るころまで、伊勢屋《いせや》の台所の一隅《いちぐう》にいたそうな。

大旦那《おおだんな》・伊兵衛《いへえ》の遺体は、居間に安置され、伊勢屋は通夜《つや》の客が入れかわり立ちかわり出入りをして、五平の居場所もないありさまであったという。

「使い走りでも何でもいいから、何か用事を見つけておくれ。大旦那のお通夜に何もしないわけにはいかない」

五平は、そっと久助にたのんだそうである。

しかし、旦那の清兵衛《せいべえ》が五平を遠ざけようとしているし、多勢の奉公人がいて、それぞれに立ちはたらき、久助自身もいそがしく、五平のことにまで気がまわらなかった。

さびしそうに、所在なげに、台所の一隅に肩をすぼめている五平へ、

「叔父さん。まあ、其処《そこ》で凝《じっ》としていなさいよ」

ささやくのが精一杯の久助であった。

五人いる番頭の中で、久助は最下位にいるだけに、こまかい用事に追われて息をつく間もなかった。帰宅する三浦老人に手代をつけて送らせたりしたのも久助である。

夜が更《ふ》けて、台所を見ると、五平の姿がなかった。はじめは何ともおもわなかったのだが、しばらくして行ってみると、やはり見えない。女中たちに尋《き》いても、台所は、それどころのさわぎではなかった。通夜の客をもてなす酒食の仕度が熄《や》むこともなくつづいているのだ。

久助が不安をおぼえたのは、やはり、叔父甥の間柄《あいだがら》であったからだろう。

五平の寝部屋へ行ってみたが、此処《ここ》にもいない。また、手まわりの荷物を持ち出した形跡もなかったが、久助の不安は時がたつにつれ、たかまるばかりとなってきた。

「大旦那が亡《な》くなったら、おれはもう仕方のねえ人間になっちまう。でも、そのときの覚悟はできているよ」

そんなつぶやきを、いつか洩《も》らしたのを耳にしているだけに、

(私も、旦那に気をつかって、叔父さんから遠退《とおの》くようにしていたのがいけなかった。叔父さんは、きっと心細くなっていたのだろう)

通夜の混雑が一段落をしたところで、久助は近くの自宅へ駆けて行った。

久助の家にも、五平は来ていなかった。

「いいかい。叔父さんが来たら、今夜は家《うち》へ泊めるのだ。外へ出しちゃあいけないよ」

女房に念を押して、また伊勢屋へもどった。五平は、帰っていない。

すると、手代の文吉《ぶんきち》というのが走り寄って来て、

「番頭さん。旦那が先刻《さっき》から呼んでいなさいますよ」

と、いう。

あわてて、久助が遺体の傍《かたわら》にいる清兵衛のところへ寄って行き、

「お呼びでございましたか？」

「お前さん、何処へ行っていなすった？」

「いえ、別に……」

清兵衛は、白い眼《め》でじろりと久助を見て、

「五平のことだがね」

「へ……？」

「お父《とっ》つぁんも、こうなってしまったことだし、五平には出て行ってもらうことにして、先刻、そういっておいた」

「あの、叔父に？」

「ああ、金をやったが、どうしても受け取らなかったよ」

そこへ、同業者の〔萬屋《よろずや》〕の主人が悔みにあらわれたので、清兵衛は邪魔者を追いはらうかのように手を振って、久助を下《さが》らせた。

久助は、おもわず、むっとなった。

このような旦那の清兵衛が自分に対する態度には、慣れているつもりであったが、ときがときだけに、

（なにも今日という日に、叔父さんの首を切らなくても……）

引き下って来てからも、怒りがこみあげてくるのをどうしようもなかった。

同時に、不安は募るばかりで、これまでの自分が旦那に気をつかい、どちらかといえば、五平を冷めたくあしらっていたことが悔まれた。

（叔父さんは、さぞ、心細かったろう。都合のいいときだけ、死水《しにみず》は私がとるなどといっておきながら、私は叔父さんを避けていたのだ）

そうおもうと、居ても立ってもいられなくなってきた。

このとき、久助の脳裡《のうり》に浮かんだのは、お福のことであった。

（そうだ。叔父さんは、何処へ行くにせよ、お福ちゃんに、それとなく別れを告げて行くだろう。血をわけた娘《こ》ではないが、あれほど気にかけて、可愛《かわい》がっていたのだから……）

通夜は終ったわけではなく、久助は、いそがしかったのだが、

（ええ、もう、かまうものか）

行先も告げず、久助は外へ飛び出した。

（これで、私も、お終《しま》いだ）

久助を番頭に抜擢《ばってき》してくれたのは、死んだ大旦那の伊兵衛である。そのときも、清兵衛は大反対をしたそうだ。ともかく清兵衛は、好き嫌《きら》いの念が極端で、激しい。これは飼猫《かいねこ》に対してもそうなのである。

(これから先、お店《たな》も大変なことになるだろう)

小梅村《こうめ》へ向って走りながら、久助は、他人事《ひとごと》のようにそうおもった。

五平ばかりではない。自分も近いうちに、一方的な解雇の通告を受けることになるやも知れぬ。

伊勢屋清兵衛が、気に入りの手代・文吉を久助の後に据《す》えたがっていたことは、伊勢屋の奉公人が、みんな知っている。

五平は、三浦老人の家にも顔を見せていなかった。

「五平さんが、どうかしたのですか?」

「いないんだよ、お福ちゃん」

「いないって……?」

「お店から出て行ったらしい」

「何処へ?」

「それがわかれば探しに来やしない。困ったな、困ったなあ……ねえ、お福ちゃん。お前、何処か、心当りはないかえ?」

そういわれて、お福も困った。心当りなぞ、一つもなかった。

いつの間にか、三浦平四郎が台所の廊下へあらわれていて、

「五平が、いないというのか？」

「あ、旦那……」

「今夜のことだ。帰って来るだろう」

「それが旦那……」

「どうした？」

「叔父は、伊勢屋の旦那に出ていけといわれたそうでございます」

お福と三浦老人は、顔を見合わせた。

「何……今夜、そういわれたのか。それはひどいな」

「ですから、その……」

「む。それは心配だな」

「どういたしたら、よろしゅうございましょう？」

「うむ……もう一度、伊勢屋を見て来てごらん。帰っているやも知れぬ。よし、わしも、お福と共に考えてみよう」

「は、はい。それでは……」

久助は、火鉢《ひばち》の灰のような顔色になっていた。

久助が伊勢屋へ引き返して行った後で、三浦老人は、

「ほんとうに、心当りはないかえ？」

お福に尋ねた。

「はい。おもいつきませんでございます」

「そうか、困ったのう。老人がおもいつめると、おもいきったことをするものだからな」

「でも……でも、私に逢《あ》わないで、五平さんが、姿を消してしまうことはないとおもいます」

「わしも、そうおもう」

三浦老人が強くうなずいてくれたのを見て、

（きっと、五平さんは此処へ来る。来るにちがいない）

お福は、そうおもった。

「それにしても隠居の通夜がおこなわれているというのに、五平を追い出すとは、伊勢屋の主人も主人だ」

「ひどい方でございますね」

「ひどい男だが、当人はひどいとおもっていない。あんなのは、この世の中に掃いて捨てるほどいるのじゃ。お前も、よくおぼえておくがよい」

そのころ五平は、大川に沿った水戸家《みとけ》・下《しも》屋敷（別邸）塀外《へいそと》の道を、ぼんやりと歩いていたのである。

月のない、暗い夜であった。

川面《かわも》をすべって行く荷船から船頭の船唄《ふなうた》が、妙にはっきりときこえている。

夜気が冷え冷えとして、まるで、秋の夜のようだ。

このとき五平は、まさに、身を投げて死ぬつもりでいた。

六

もとより、五平の覚悟はできていた。

（大旦那《おおだんな》が亡《な》くなったからには、おれの生涯《しょうがい》もこれまでだ）

これから先、生きて行く方法がないというのではない。

（もう、面倒くさく……）

なったのである。

独り身の、身寄りもない老爺《ろうや》が、どんなことをしたって先は知れている。

（お福も、どうやら落ちついたし、おもい残すことは何もねえ）

水戸家・下屋敷の塀が尽きて、右手前方は一面の田地となる。左手は大川の堤で、春になると桜が見事だ。田地に重く垂れこめている闇《やみ》の中に、遠く灯影《ほかげ》が見える。これは、このあたりで知られた料理屋〔平石《ひらいし》〕のものであろう。

ふらふらと、五平が堤の道をあがって、大川辺《べり》のほうへ行きかけたとき、

「老爺《おやじ》、待て」

声がかかった。

「へ……？」

「ちょっと待て」

声の主《ぬし》は、提灯《ちょうちん》を提げているが、五平から顔かたちもはっきりと見えなかった。頭巾《ずきん》のようなものをかぶった、着ながし姿の侍らしかった。

「ど、どなたさまで？」

五平の問いかけにはこたえず、堤へあがって来た侍は、手の提灯を桜の木の枝へ引っかけた。

「あの……」

「おやじ。いのちをくれい」

「へ？」

「刀の切れ味を試したい」

「げえっ……」

辻斬《つじぎ》りだ。そういえば、この近辺に辻斬りが出るらしいということを、世間のうわさに聞いていた。

「ご、ご冗談を……」

「ふ、ふふ……」

微《かす》かに笑った侍が、ゆっくりと大刀を抜きはらった。

いままで死ぬ気でいたのだから、辻斬りに斬り殺されてもいいわけだが、そこは何といっても、まだ、生きている人間である。

五平は、恐怖で立ち竦《すく》んだ。

侍は、無言で、じりじりと接近して来る。五平は声も出なかった。

声が出たら、おそらく五平は、

「助けてくれ」

と、叫んでいたにちがいない。

しかし、大刀を抜きはらったとき、侍の大きな体軀《たいく》から凄《すさ》まじい殺気がふき出して、その殺気が五平の躰《からだ》を金縛りにしてしまったようだ。

侍は、ぴゅっと大刀に素振りをくれてから、刀を上段に振りかぶった。

(あ、殺《や》られる……斬られる……)

崩れるように、五平は両膝《りょうひざ》をついてしまった。

このときであった。

「待て」

闇の中から、また、声がきこえた。

「む……？」

振り向いた侍が、

「あっ……」

叫んで、よろめいた。

闇の中から何か飛んできて、侍の顔を打ったのだ。

「ぬ！　何者……？」

侍は、左足《さそく》を引いて向き直り、刀を構えた。

それよりも早く、一個の人影が矢のように堤へ駆けあがってきて、

「おやじ、逃げろ」

いったかとおもうと、これも大刀を引き抜き、

「鋭《えい》！」

気合声を発し、侍へ斬りつけたものである。

侍は、あわてて身を躱《かわ》し、腰を沈めた。

「何者だ？」

「きさまこそ、何処《どこ》の者だ」

いいながらも、堤へ駆けあがって来た侍は、五平の前へ出て来た。

これで五平を助けるつもりで間に入ったことになる。

「おやじ、あぶないから逃げろ」

「へ……」

夢中で、五平は堤の下の道へ転げ落ちた。

「よし」

うなずいた侍が、

「これ、辻斬り」

「う……」

「おのれを斬るのは、刀の汚《けが》れだが、このまま生かしておくと、罪もない人びとが迷惑をする」

「だまれ！」

「つい先ごろも、諏訪明神《すわみようじん》のあたりに辻斬りが出たそうな。おそらく、おのれの仕業であろう」

辻斬りは黙って、間合いを詰めてきた。

「先刻《さつき》は、やり損じたな。おのれに、おれが斬れるか？」

「う……」

「斬れまい」

「やあっ!」

突然、走りかかって、辻斬りが侍の足を薙《な》ぎはらった。

と……。

侍の躰が鳥のように、闇の空へ舞いあがった。

そして、飛び下りざまに、侍が辻斬りの頭を強烈に蹴《け》りつけた。

「うわ……!」

辻斬りがよろめいたとき、地に下り立った侍が、声もなく大刀をふるった。

辻斬りの悲鳴が起った。

侍は、懐紙を出し、刀にぬぐいをかけた。

辻斬りは、まだ、堤の上をよろめきながら、苦悶《くもん》の唸《うな》り声をあげている。

侍が、堤の下へ下りて来て、

「おやじ、傷を受けていないか?」

「へ……だ、大丈夫で……」

「よかった。あぶないところだった。いま、わしは、鐘《かね》ケ淵《ふち》から帰って来たところだが、あの辻斬りは、わしのことをねらって斬ろうとしたのだよ」

「だ、旦那を……」

「うむ。だが、おれを見て斬れないとおもったらしい。あきらめて、先へ行くのを、そっと尾《つ》けて来たのだ」

いいながら、辻斬りが木の枝に引っかけておいた提灯を外し、五平へさしつけて見た侍が、

「おお、お前は……」

いいかけたのと、五平が、

「あっ……」

低く叫んだのが、同時であった。

このとき、辻斬りの侍が声もなく倒れ伏した。息絶えたのである。

五平を助けた侍は、先夜、三浦平四郎方を訪れた秋山小兵衛という剣客だ。

五平は、三日ほど前に、秋山小兵衛を見ている。

その日、三浦老人は、何処かへ使いに行くらしい五平を見かけて、

「隠居のぐあいは、どうじゃ?」

立ちばなしをしているときに、鐘ケ淵へおもむく小兵衛が通りかかったのだ。

そこは両国橋の東詰であったが、五平は、すぐに別れて伊勢屋《いせや》へもどった。しかし、わずか三日前のことだから、小兵衛の顔をおぼえていたのである。

七

秋山小兵衛は、五平を三浦老人の家へ送りとどけると、間もなく帰って行った。

このところ小兵衛は、たびたび四谷《よつや》の道場から、大川をわたって来るらしい。それというのも、例の鐘《かね》ケ淵《ふち》の絵師の家を買い取るはなしが決まったので、知り合いの大工を連れて来たり、自分ひとりでやって来て、あれこれと隠宅の建築について思案をめぐらしている。

「五平は、ほんに運のよい男でござる。秋山先生に恐ろしい危難を救われたのだから、このことをむだにしてはいけないよ。わかったな。わかっていような」

三浦老人の語尾が、少しきびしいものになった。

五平は、泪《なみだ》で顔中を濡《ぬ》らし、何度も頭を下げた。

三浦老人にいわれるまでもなく、いまの五平は自殺することなど考えてもいない。あの辻斬《つじぎ》りの侍に殺されかけ、却《かえ》って死神がはなれたのであろうか。

お福は、このことを久助に知らせるため、家を走り出て行った。

「秋山先生」

「はい？」

「その辻斬りの死体は、まだ、堤の上に？」

「さよう」

「どうしましょうかな、後始末は……」

「四谷の、私の住居《すまい》の近くに、知り合いの御用聞きがおります。これから帰って、その者にはなしておけば、よいように取りはからってくれましょう」

「さようか。いや、おそれ入りました。さすがは秋山先生。お顔のひろいことで」

「何の、それは、三浦先生のことではありませんか」

三浦老人から、ざっと事情を聞いた秋山小兵衛が、五平に、

「これ、心配するな。お前の奉公口は私が探してあげよう。わけもないことだ」

はげまして、肩を叩《たた》いてやった。

「へえ、へえ……」

言葉も出ず、ただもう五平は頭を下げるばかりであった。

小兵衛が帰って間もなく、久助が、お福と共に駆けつけて来た。

「叔父さん、叔父さん……」

連呼するや、久助が大声をあげ、子供のように泣き出した。

三浦平四郎は、びっくりしたように、お福の顔を見た。

五平は黙って、泣きじゃくる久助の背中を、

(お前の気持ちは、よくわかっている)

というように、撫《な》でてやった。

「久助。今夜は五平を、わしがあずかろう、どうじゃ?」

「そうして下さいますか、かたじけのうございます」

「お前も、まだ、いそがしいことだろう。早く伊勢《いせ》屋《や》へ帰ったほうがよい」

「はい、はい」

久助は、お福に、

「叔父さんを、たのんだよ」

泣き声でいってから、伊勢屋へ帰って行った。

その後で、三浦平四郎が、

「これ、五平」

「は、はい」

「よく聞け。人には天寿というものがある。天から授かった寿命のことじゃ。これに逆らって、自分のいのちを自分で絶つことは、もってのほかだ。死ぬるなら、人の役に立って死ね」

五平は、自殺しようとしていたことなど、一言《ひとこと》も三浦老人に打ちあけていなかったが、ただもう畏《おそ》れ入って、うつむいたままであった。

「わかったか、五平」

「へ、へい」

「これからのお前は、このお福の身が落ちつくまで、生きていなくてはならぬ。何となれば、お福はお前に連れられて江戸へ出て来たのだからな。わしの許《もと》へ来て、これで落ちついたとおもうのは間ちがいだぞ。わしなどは、年齢《とし》が年齢ゆえ、いつなんどき、あの世へ旅立つか知れたものではない。見たところは丈夫そうに見えても、人間七十ともなれば、今夜のうちにも……」

いいさして、三浦老人は、真剣に自分を見ているお福に気がつき、にっこりとして、

「お福。今夜は、おどろいたのう」

「はい」

「ところで、明日の朝から蹄《ひづめ》の稽古《けいこ》をしようか、どうじゃ？」

「お願い申します」

根岸流・手裏剣術でつかう〔蹄〕というのは、手裏剣のかたちをしているのではない。その名のごとく、馬の蹄のような形をした、小石ほどの鉄片である。

その翌朝。

三浦老人が十個の〔蹄〕を用意して、庭へあらわれたとき、五平の姿が消えていた。

この日は、伊勢屋の大旦那《おおだんな》・伊兵衛《いへえ》の葬式の日だ。

五平は、その手つだいに出かけた。

「五平さん。昨夜の今日だから、行くのはおよしなさいなね」

お福がとめたけれども、

「いや、あれだけ世話になった、大恩ある大旦那をお見送りしなくてどうするものか」

「だって、五平さん……」

「他人《ひと》が、どんな顔をして、おれを見ようが、もう平気だ。おらあ、昨夜、いったん死んだ身だ。それが、こうして生き返った。秋山先生と此処《ここ》の旦那のおかげだ。もう、おれは大丈夫だよ、お福」

五平は、こういって出て行ったそうな。

「そうか。そんなことを申していたか……もう、おれは大丈夫だ、とな」

「はい」

「お葬式が済みしだい、かならず、こちらへ帰って来るそうでございます」

「よし、わかった。おそらく、もうばかなまねはすまい。さて、蹄の投げ方を教えようか」

「はい」

「其処《そこ》に立て。的は、手裏剣のときと同じものじゃ。お福、ごらん。これが蹄というものだ」

「まあ、めずらしい」

「ひとつ、手に取ってごらん」

「はい」

「重いかえ？」

「いいえ」

「ここのところに、凹《くぼ》みがついているだろう。ここへ、右の親指を、このようにかける。やってごらん」

「こうでございますか？」

「そうそう。これも腰で投げるのじゃ、よいかな？」

「はい」

「わしが投げてみるから、よく見ておいでよ」

いうや、三浦老人が〔蹄〕を投げ打った。

的の黒点へ〔蹄〕が、みごとに命中し、音を立てた。

あたりに、ようやく朝の光りが落ちてきはじめた。

朝の大気が、めっきりと冷めたくなってきている。

つづけて、三浦老人は〔蹄〕を七個、投げ打って、いずれも命中させ、最後の一個を板のどこかに投げ打つと、その反動で、的に突き刺さった八個の〔蹄〕が、音を立てて一斉《いっせい》に抜け落ちたではないか。

「まあ……」

お福が、おもわず嘆声をあげた。

お福の手の中の〔蹄〕は、じっとりと汗ばんでいた。

「どうだ、おもしろいかえ?」

「はい」

「さ、落ちた蹄を拾っておいで。そして、今度はお前が投げてごらん」

「はいっ」

碁《ご》盤《ばん》の糸

一

〔蹄《ひづめ》〕は、手裏剣《しゆりけん》とちがって、お福の稽古《けいこ》も、うまくすすまなかった。

形状もちがうし、重さもちがう。

（これは、投げにくい）

と、お福はおもった。

三浦老人は〔蹄〕も腰で投げ打てというのだが、手裏剣のときのように、感覚ではわかったが、いざとなると勝手が悪い。

二日、三日と稽古をしたが、一つも的へ当らなかった。

三浦平四郎が苦笑して、

「蹄は、むずかしいようじゃな」

「はい。はじめ、手裏剣よりは、やさしいとおもいましたが、なかなか……」

「そうか。だが、的へ当らなくとも、お前は、腰でちゃんと投げているよ」

「そうでございましょうか？」

「うむ。ただ、蹄を投げることに馴《な》れていないだけじゃ。工夫してごらん」

「はい」

「さ、その十個の蹄は、お前のものじゃ」

「ありがとう存じます」

お福は、一所懸命に考えたあげく、たとえば、使いに出て行くときも、〔蹄〕の一個を手にして、その感触に馴染《なじ》むように心がけた。

この間に、五平の身の振り方もきまったのである。

五平は、秋山小兵衛《こへえ》の口ききで、本所《ほんじょ》・亀沢町《かめざわちょう》に住む町医者小川宗哲《そうてつ》の下男として、奉公をすることになったのだ。

本所界隈《かいわい》で、小川宗哲の名前を知らぬものはないといってよい。

宗哲は、名利《みょうり》を度外視して患者を診るし、医者としての腕もたつそうな。六十をこえていて、恰幅《かっぷく》のよい、青々とした坊主《ぼうず》頭の老人であった。

小川宗哲は、秋山小兵衛の碁敵《ごがたき》だそうだ。

だから、三浦老人も名前だけは耳にしており、

「これは、よいところを秋山先生は見つけて下すった。お福、亀沢町なら同じ土地《ところ》だ

し、お前も安心だろう」

「はい。ほんとうに……」

これからも、五平から目をはなさずにいられるとおもうと、安心もし、うれしかった。

小兵衛に連れられ、五平が小川宗哲家へおもむいた日には、三浦平四郎も羽織・袴《はかま》をきちんとつけて同行した。

帰って来ると、

「ああ、よかった、よかった。お福、秋山先生の恩を忘れてはならぬぞ」

三浦老人にいわれ、お福は、一語一語、ちからをこめて、

「はい。決して、忘れませんでございます」

五平が辻斬《つじぎ》りに殺されかけ、秋山小兵衛に助けられたときは、大声もあげず、一滴の泪《なみだ》もこぼさず、凝《じっ》と五平を見まもっていたお福なのだがこのときは、両眼《りょうめ》いっぱいに泪を浮かべて、

「忘れません。忘れませんでございます」

もう一度、繰り返した。

「わしも、初めて、小川宗哲先生にお目にかかったが、いや、うわさのごとく、実に立派な方で、な」

宗哲は、頭を下げた五平の顔を、のぞき込むようにして見て、

「おお、この人なら、わしと気が合いそうじゃ」

と、いったそうな。

折しも、長らく、はたらいていた老僕が孫のところへ引き取られたとかで、宗哲も困っていたところへ、かねて事情をわきまえていた秋山小兵衛から、五平のはなしが持ち込まれたらしい。

「五平もな、宗哲先生にお目にかかり、安心をしたのだろう。とたんに眼の色が変って、すぐに身仕度をし、はたらきはじめた」

「まあ……」

「あれなら大丈夫じゃ」

「うれしゅうございます」

「お福。ま、泪をふけ。そして明日にも、そっと様子を見に行ってごらん」

「はい。そういたします」

五日、七日、十日とたつうちに、お福が投げ打つ〔蹄〕が、少しずつ的へ命中するようになってきた。そうなると、おもしろくてたまらなくなり、毎朝の稽古を一日も欠かしたことはない。

この間に、空は、しだいに高くなり、朝夕の冷気が増し、赤蜻蛉《あかとんぼ》が群れをなして飛

ぶのを見かけるようになった。

五平も、元気よく、はたらいているらしい。

或《あ》る日、お福が使いの帰りに、小川宗哲宅を訪ねると、宗哲が出て来て、

「お福ちゃんか。五平は、いま暇だから、二人で原治《はらじ》の蕎麦《そば》でも食べておいで」

こういって、五平に小づかいをわたした。

両国橋・東詰の広場に面した元町の一角に〔原治〕という蕎麦屋がある。江戸の者なら、だれでも知っているほどの老舗《しにせ》だ。お福も何度か、三浦老人の供をして来たことがある。

土間を入ると入れ込みの大座敷だ。時分どきは、いっぱいに入った客の喧噪《けんそう》で割れ返ったようになる。

いまは、客も少なくて、五平とお福は好みの場所へ坐《すわ》ることができた。

「五平さん。小川宗哲先生って、ほんとに、やさしい御方だね」

「うん、うん」

「よかったねえ」

「おれみてえな者を、みなさんがよくして下さる。もったいねえことだ」

「久助さんは、ときどき、様子を見に来てくれる?」

「来《こ》ねえよ」

「まあ……」

「いや、あいつも、なかなか気骨を折っているのだ。それに、宗哲先生の御宅は伊勢《いせ》屋《や》にも近いことだし……」

五平の声は、落ちついていたけれども、やはり、どこか寂しそうであった。

「宗哲先生と秋山先生、それに、お前のところの三浦の旦那《だんな》。年齢《とし》はちがうが、お三人とも同じ人のようにおもえる」

「そういえばそうだねえ。私も、そうおもう」

「江戸の人だからだろうな。そこへ行くと、おれなんか、まだダメさ。いい年齢にな

って、前には江戸で暮したこともあるくせに、この間の夜のように、みなさんへとんだ御迷惑をかけてしまって……」

二人が紫蘇《しそ》切《きり》蕎麦を食べて立ちあがったとき、入って来た客が、

「こいつは、夢じゃあねえのか！」

大声をあげて、近寄って来た。

「あっ……」

「五平さん。しばらくだったたねえ」

「う……」

その客は、五平と同じ年輩だったが、細身の躰《からだ》にしゃれた着物をまとい、血色もよ

く、元気そうな老人であった。

だが、五平に声をかけながらも、ちらりと、お福を見た眼つきが、お福を不快にさせた。

老人の視線は、お福の着物の下の、裸身をながめまわしているかのようであったからだ。

「五平さん。いつ、江戸へ出て来なすった？」

「二年前だよ」

「ふうん、それなら一度、おれのところへ連絡《つなぎ》をつけてくれてもいいじゃあねえか」

「いや、それが、な……」

何やら、小声で語りはじめた五平へ、

「五平さん。先へ出ていますよ」

お福は声を投げておいて、外へ出た。

これを見送った老人が、

「五平さん。上玉《じょうだま》だねえ」

感嘆の声をあげると、五平が睨《にら》みつけて、

「ばかをいうのじゃねえ」

「え……？」

「あの娘《こ》は、おれの孫か娘と同じようなものだ。つまらねえことをいってくれるな」

「相変らず、気が短けえなあ」

五平は、間もなく〔原治〕から、外へ出て来た。

「五平さん。知ってる人なの？」

「うむ。倉田屋半七《くらたやはんしち》といってね、むかしむかしの友だちさ」

「あんな人、嫌《きら》い」

「そうか。ふむ……」

うなずいた五平が、苦笑して、

「もっともだ」

と、いった。

しかし、このときお福は、当然のことながら、その倉田屋半七という老人によって、自分の運命が大きく変ることを、全く予期していなかった。

二

秋は、駆け足でやって来た。

庭の、萩《はぎ》の花が咲き、夕暮れになると、行灯《あんどん》を屋台につけた虫売りが、竪川辺《たてかわべり》の道へ出るようになった。

一日毎《ごと》に、台所で水仕事をするお福には、その水の感触で、秋が深まって行くのがよくわかった。

五平は、すっかり気を取り直し、元気よく奉公をしている。

小川宗哲の専門は外科だそうだが、内科一般もやるし、診たてがすぐれているというので、なかなか、いそがしい。若い医生もいないので、五平が薬箱を持って供をすることも、少なくないとのことだ。

或《あ》る日、また〔原治〕へ行ったとき、五平がお福に、

「それにさ、このごろは、宗哲先生の碁の相手もしなくてはならねえ」

「あれ、五平さんは碁を打ちなさるのかえ?」

「江戸へ来てから、伊勢《いせ》屋《や》の大旦那《おおだんな》に手ほどきをされてなあ。おお、そうだ。お前のところの旦那は、近ごろ、三ツ目の花駒屋《はなこまや》という蕎麦《そば》屋へ碁を打ちにおいでなさるというではねえか」

「ええ、あそこは、この夏から三日置きに碁の会があるらしい。だから、うちの旦那さまは、よろこんでおいでなさる」

「ふうん。三浦さんの旦那も、ほんとうに、いい旦那だなあ」

「私も、そうおもっている」

「いまのところは、おれもお前も仕合せだなあ。けれど、このままではすむめえぜ」

「どうして？」

「不幸な日は長くつづかねえけれど、仕合せな日も長くつづかねえものだからさ」

「五平さんは、すぐに、そんなことをいいなさる」

「そうかも知れねえ。おれは、どうしても、物事を明るく見ることができねえようだ。若いときから、いろんな目に会ってきたからなあ、おれは……でもよ、新発田《しばた》で神谷《かみや》の旦那のところへ奉公にあがってから、このまま、しずかに、おだやかに死ねるとおもったのだがなあ……」

お福は、黙っていた。

「おれは、剣術つかいなんて、あまり好きじゃあなかったのだが、神谷の旦那は別だ。亡《な》くなった御新造《ごしんぞ》（妻）さんもいいお人だったよ」

「……………」

「神谷の旦那も、お前には、ひどいことをしたらしいが、あれでもお前、おれの死水《しにみず》を取ってやると、いっていなすったんだぜ」

「まあ……」

お福には、到底、信じられないことであった。

「神谷の旦那が、お前にひどいまねをしたのは、わけがあるのだ」

「どんな？」

「御新造さんが亡くなってしまって……それに……」

「それに？」

たたみかけて訊《き》くお福へ、

「お前、神谷の御新造さんが、どうして亡くなったか、何か耳にはさんだことがあるかえ？」

「いいえ」

「そうか……」

「どんなこと？　ねえ、五平さん。どんなことなの？」

「う……」

口ごもったが、やっと、

「御新造さんは、自害をなすったのだ」

重苦しげに洩《も》らしたので、お福はびっくりした。

「お福。こんなことは、だれにもいってはいけないよ」

五平は、立ちあがって勘定をすませ、

「お福。そろそろ行こうか。お前も晩の仕度でいそがしいだろう」

はなしを打ち切ってしまった。

お福は五平と別れ、竪川沿いの道を東へ行く。今夜は夕餉《ゆうげ》の仕度をしなくともよい。昼すぎに、三浦老人は家を出て行ったが、

「お福。晩は食べないよ」

それは、例の〔花駒屋〕で碁会があるからで、そこへ出かけるときは、いつも夕餉を花駒屋ですませてくるからであった。

でも、きまって帰って来ると、

「何か、口にするものはないか？」

と、いうものだから、お福はいつも、わずかながら夜食を用意しておく。そうすると三浦老人が子供のようによろこぶのである。

今日は、小さな握り飯に味噌《みそ》を塗っておいて、老人が帰って来たら、これを火に焙《あぶ》って出すつもりだ。

竪川を荷舟が一つ、ゆっくりと下って行く。

雁《かり》が整然と群れをなして、空をわたっている。北の遠い国から秋になると日本へわたってくるのだ。そして春になると、今度は北国へ帰って行くのだと、三浦老人が教えてくれたことがある。

二ツ目橋を過ぎると、右手に〔伊勢屋〕の店先が見えてくる。見たところ、別に変った様子にはおもえないし、奉公人も五平がいなくなったほかには減っていないのだ

が、何となく、店先に商家の活気がない。人の出入りもないし、火が消えたような……暗い感じがした。

本所《ほんじょ》には、伊勢屋と同じような乾物問屋が数軒あって、五平がいうところによると、大旦那が死に、今度の清兵衛《せいべえ》が名実ともに実権をにぎるようになってから、同業者の間でも伊勢屋の評判がよくないらしい。

「やはり、先代のちからは大きかったねえ」

「先代が死んだので、妙に気負い込むからいけないのだ」

「そのとおりだよ」

「大きな声ではいえないが、このままでは伊勢屋さん、五年と保《も》つまいよ」

などといううわさが、五平の耳へも入ってくるそうな。

（五平さんが居なくって、よかった）

そうおもわずにはいられない、お福であった。

伊勢屋の前を通り過ぎると、三ツ目橋が見えてくる。

橋の袂《たもと》から北へ伸びている三ツ目通りへさしかかって、

（うちの旦那さまは、いまごろ、夢中になって、碁石を打っていなさるのだろうか……）

そうおもって、ふと、花駒屋のほうを見たお福がはっと足を停《と》めた。

いましも、蕎麦屋の花駒屋から出て来た侍を見たからだ。その侍は、松永市九郎であった。

(まあ、嫌《いや》な……)

得もいわれぬ不快なおもいに、お福は抱きすくめられた。

不快というよりも、不安なおもいといったほうがよいかも知れぬ。

(松永市九郎は、やはり碁を打ちに花駒屋へ来るのだろうか?)

どうも、そうらしい。今日が碁会の日だけに、そうおもわずにはいられなかった。

では、それが、どうして不安なのかというと、お福にも、そこのところはよくわからない。わからないが、その不安は三浦家の台所へもどって来てからも消えなかった。

消えぬばかりか、漠然《ばくぜん》とした不安の念は強くなるばかりで、

(ああ……今日の私は、どうかしている)

何かしなくてはいられなくなって、お福は握り飯の仕度にかかった。

前の主人で、自分をなぐさみものにした神谷弥十郎《やじゅうろう》を斬《き》り殺した男だから、嫌なおもいがするのかというと、そればかりではないような気がする。

夜に入って、五ツ半(午後九時)ごろに、三浦平四郎が帰って来た。

「お帰りなさいまし」

「おお、御苦労だったな。別に変ったことはなかったかえ?」

三浦老人のきげんはよかった。碁の会で、勝ったらしい。

夜食の膳《ぜん》を運んで行くと、

「おや、いい匂《にお》いがするのう。旨《うま》そうじゃな」

老人は、握り飯を頰張《ほおば》って、

「旨い」

と、いった。

「なあ、お福。今日は勝ちっぱなしというやつだ」

「まあ。ようございましたね」

「わしの相手は、なかなか強いのだが、今日は散々だったよ。いつも、わしの相手になる人はさむらいだがな」

「おさむらい……」

わけもなく、お福の胸が騒いだ。

「さむらいというよりも、むしろ剣客《けんかく》といったほうがよいだろう」

お福は、廊下へ出てから、努めてさりげなく、

「何というお方でございますか？」

尋ねると、三浦老人が、お福を見ることもなく、

「松永市九郎さんという人だ」

と、こたえたのである。

三

翌日。〔蹄《ひづめ》〕の稽古《けいこ》もせずに、お福が朝餉の後片づけをすると、三浦平四郎へ、

「旦那《だんな》さま。今日は、あの何処《どこ》かへ、お出かけになりますでございますか？」

と、尋ねた。めずらしいことである。

いぶかしげに、お福を見やった老人が、

「いいや」

かぶりを振って見せると、

「それでは、あの、ちょいと五平さんのところへ行って来てよろしゅうございましょうか？」

「いいとも」

こうしたとき、三浦老人は「何の用で行くのじゃ？」などということを決していわなかった。

「すぐ帰ります」

「ゆっくりはなしておいで。そうだ。原治で蕎麦《そば》でもやって来るがいい」

三浦老人も、小川宗哲と同じようなことに気がまわるのだ。

老人からもらった小づかいをにぎりしめて、お福は、小川宗哲宅へ駆け向った。

このごろは、めっきりと秋めいてきて、ようやくに朝の日が昇りはじめたところである。

(この時刻に、何の用か?)

ふと、三浦老人は不審なおもいがした。

お福が、出かけるのを急いだのは、朝早いうちに行けば、五平がいるだろうとおもったのだ。

昨夜、お福は、まったく眠れなかった。

松永市九郎のことが気にかかってならなかったのである。

どこが、何故に、気にかかるのか……。

自分でも、よくわからないのだが、強《し》いていえば、三浦平四郎が花駒屋《はなこまや》の碁会で、いつも相手にしている男が松永市九郎と聞いて、お福の不安はふくれあがるばかりとなったといえよう。

何故、それが不安なのか……といえば、松永が神谷弥十郎《かみややじゆうろう》を殺した男だから、としか、いいようがない。

しかし、神谷を殺した男が、三浦老人に害を与えるはずがない。ないけれども、この、お福の不安感は、今朝になっても消えなかった。

この前に、はじめて松永市九郎を見かけたとき、これを五平に告げると、

「むう……」

五平は低く唸《うな》って、

「そうか。松永が江戸に来ていたのか……」

凝《じっ》と目を据《す》え、押し黙ってしまった様子が、たしかに異様であった。

そのときは、まさかに松永が花駒屋の碁会へ行き、しかも、三浦老人と碁を打つ間《あいだ》柄《がら》になろうとはおもわなかったから、不安は後に残らなかった。

（五平さんは、私の知らない松永市九郎のことを知っているにちがいない）

このことである。

事としだいによっては、三浦老人に松永市九郎のことを告げ、

（もう、花駒屋へは行かないようにしてもらおう）

とまで、お福はおもいつめていた。

（他人《ひと》は、おかしいとおもうかも知れないけれど……）

あの、松永市九郎という剣客は、近寄る人に何らかの災害をもたらすような気がしてならない。そんな男を相手に碁を打つ三浦老人の身が、不安でならない。

小川宗哲宅の台所口へ来て、戸の外から、

「五平さん……五平さん」

呼んでみたが、返事がない。

おもいきって戸を開けると、だれもいなかった。

「もし、あの五平さんは、いましょうか？　ごめん下さいまし」

すると、奥で返事があり、おもいがけなく、小川宗哲自身があらわれた。

「おお、お前か」

「おはようございます。あの、ちょっと五平さんに……」

「どうした？」

「は……？」

「顔色が悪いな。お前、どこか、躰《からだ》のぐあいでも悪いかえ？」

「いいえ、別に……」

「そうか、それならよいが……」

「五平さんは？」

「いない。古い友だちのところへ行って来るといって、朝早いうちに出て行った。早く出て、早く帰ると申していたから、昼過ぎには帰ってくるだろうよ」

「さようでございますか……」

「急の用事かえ？」

「はい」

「それは困ったのう。その古い友だちのところを聞いておかなかったが、それほど遠いところへ行ったのではないらしいから、昼過ぎに、もう一度、来てみてごらん」

と、宗哲にいわれては、そうするよりほかに道はない。

「はい。そういたします。では、ごめん下さいまし」

「五平がもどったら、よく、つたえておこうよ」

「ありがとう存じます。お願い申します」

三浦宅へ帰って来ると、三浦老人が外出《そとで》の身仕度をしているではないか。

「あれ、旦那さま。今日はうちに……」

「ちょいとおもい出してな、深川まで知り合いの病気見舞いに行って来るが、夕餉《ゆうげ》までには帰る。お前は、朝餉も食べずに出て行ったのか、五平に会ったのかえ?」

「それが、用事に出ておりまして」

「そりゃむだ足をしたのう。さ、早く御飯をおあがり」

「はい」

「では、行って来るよ」

例のごとく刀も差さずに、杖《つえ》を持った着ながし姿で、老人は庭から出て行ってしまった。主人が外出をしてしまったからには、お福は外へ出るわけにはいかなかった。

お福は、ふかいためいきを吐いた。

お福は、台所で朝の食事をした。

味がわからなかった。

昼が過ぎた。八ツ（午後二時）ごろ、五平が小川宗哲宅へ帰って来た。

その少し前に、元鳥越《もととりごえ》三筋町《みすじまち》通りの菓子舗〔亀屋善助《かめやぜんすけ》〕の女房が、急に激しい腹痛を起し、

「ぜひとも先生に診ていただきたい」

と、亀屋が駕籠《かご》を差し向けてよこした。

小川宗哲は、以前から亀屋に病人が出ると診察をしてきていたので、すぐさま仕度をして駕籠に乗り、亀屋へ向った。

その後で、五平が帰って来たのである。

留守居をしていた飯炊《めした》きのおさいという婆《ばあ》さんから聞いて、

「先生は、わしに何かいい置いてないかね？」

「ないよ。五平が帰ったら、ゆっくり休んでいるように、とさ」

「そうかい」

「何か食べるかい？」

「いや、いいよ」

小川宗哲は、病人の手当をしているうち、お福が来たことを、すっかり忘れていた。

四

この日、おもいたって、三浦平四郎が病気見舞いに出向いたのは、深川・今川町にある薬種屋〔順養堂・西口彦兵衛《にしぐちひこべえ》〕方であった。

ところで……。

二十年ほど前から、江戸には〔算勘指南《さんかんしなん》〕と称し、看板まで掲げる職業が増えてきた。

天下泰平の世がつづいて、商人のちからが強くなり、反対に武家方の財政は苦しくなるばかりという世の中になってしまった。

〔算勘指南〕という職業も、こうした時代が生んだのであろうか。これを字のままに解すると、計算、算術を教える職業ということになるが、実は、現代の〔経営コンサルタント〕のようなものであったらしい。

三浦平四郎老人は、看板こそ掲げていないが、つまり、この算勘指南をしている。

その所為《せい》で、名前の知れた商家に知己が多いし、交際もひろく、三浦老人のふところも暖いということになる。

深川の順養堂も、老人が出入りをしている商家で、主人の西口彦兵衛が今年の夏の暑さに体調をくずしていると聞いていたので、この日、お福が出て行った後で、見舞いに行く気になったのである。

身分は低くとも、幕臣でありながら、三浦老人が商家の相談相手になれるほどの才能があったのは、年少のころから商家とのつきあいがひろく、自然と、世の中の仕組み、うごきが身にそなわっていたからでもあろう。

順養堂は近年〔万全丸《ばんぜんがん》〕という安産の丸薬を売り出し、大層な評判をとっている。

これも、三浦老人が考えた宣伝が、

「よく効いた」

ということで、西口彦兵衛は、三浦老人を非常に大切にしているようだ。

さて、西口彦兵衛は秋風が吹くようになってから元気を取りもどし、三浦老人がおもっていたより元気だったので、

「まあ、ごゆっくりとなさいまして」

彦兵衛が、しきりに引きとめるのへ、

「早く帰ると申して出て来ましたのでな、留守居の小女《こおんな》が心配するといけませぬ」

辞退して、帰途についた。

外へ出ると、まだ明るかったが、近ごろは「あっ……」という間に暗くなってしま

う。

三浦平四郎は、今川町から仙台堀《せんだいぼり》に沿った道を東へすすみ、高橋をわたって、常盤《ときわ》町《ちょう》へ出た。

「おお、三浦さん」

そのとき、親しげに声をかけ、前方から来た男が小走りに近寄って来た。

この男、松永市九郎であった。

「あ、松永さんか」

「どちらへ？」

「ちょっと深川まで」

「さようか。いや、昨日はどうも散々にやられましたな」

「いやいや」

「今度は、昨日のようにまいりませぬぞ」

と、松永が肩をそびやかした。

このとき、一瞬、三浦老人の眉間《みけん》のあたりに、不快の色が浮いて出たが、すぐに消えた。

はじめのうちは、よい碁敵《ごがたき》だとおもっていた三浦老人も、近ごろは、松永に嫌気《いやき》をおぼえるようになった。

何故というに、親しくなるにつれて、松永市九郎が勝負にこだわるようになったからだ。

花駒屋《はなこまや》の碁会は、賭《か》け碁だ。はじめは賭け碁ではなかったのだが、

「いくらなんでも、これじゃあ、おもしろくない」

「面倒が起きないほどに、賭けましょうよ」

と、碁会の客たちがいい出して、わずかな金を賭けるようになった。まさかに、そのためでもあるまいが、松永市九郎は碁に負けると、

「もう一度、もう一度」

執拗《しつよう》にせがんでやまない。

「あの人は、どうも嫌だね」

「ごめんをこうむりたい」

というので、しだいに松永の相手をする客がいなくなった。

そこで仕方がなく、いつも三浦老人が相手をする。碁の腕前は互角といってよく、だから松永を相手にするのはおもしろいが、負けると勝つまでは離さない。

（しつこい人だ。これでは、花駒屋へ来るのもおもしろくなくなった。近いうちに、秋山小兵衛《こへえ》先生も、近くへ引っ越して来ることだし、あそこの碁会へ行くのは、そろそろ、やめにしよう）

三浦老人は、そうおもっていたのである。

見たところ、かなり武芸の修業をしたとみえて、たくましい筋骨をしている松永市九郎だが、碁に負けてくると、白く光る眼《め》で凝《じっ》と見つめてくる。それも三浦老人にとっては不快であった。

はじめは、朴訥《ぼくとつ》な田舎剣客《けんかく》だとおもっていたし、松永市九郎のほうも、初めて江戸へ出て来たばかりで、何かにつけ、控え目であったのだ。

それが、しだいに、地金《じがね》をあらわしてきたということになろうか。

いまの松永市九郎は、菊川町二丁目に一刀流の道場をかまえている白井惣市《しらいそういち》の許《もと》にころがり込んでいたが、もとより、三浦老人はそれを知らぬ。

「松永さんは、この辺りにお住いかな？」

いまも、三浦平四郎が問いかけると、

「ま、そんなところで……」

松永の返事は、いつものようにはっきりしない。

松永は、自分の身辺のことになると、いつも言葉を濁してしまうのだ。

「では、これにて……」

三浦老人が別れようとするのへ、

「三浦さん、明後日《みょうごにち》の花駒屋をお忘れなく」

「ふむ……」

「今度は、負けませぬぞ」

またも、執拗に松永が繰り返して、

「かならず、おいで下さるでしょうな？」

念を入れてよこした。

「わかりました」

「お逃げになるようなことはないでしょうな？」

と、くどい。

三浦老人は不快を押えかねたが、こらえた。こらえたが苦笑を浮かべた。

すると、松永がぐいと一歩、近寄って来て、

「何が、おかしいのでござる？」

こたえようがない。

(はてさて、勘のにぶい男よ)

三浦老人が、

「別に……」

というと、松永は突っかかるような口調で、

「いや。いま、三浦さんは笑った。私を莫迦《ばか》にしたように笑った」

「そうかな」

「たしかに笑った」

もう、面倒になってきて、

「それならそうしておきなさるがよい。私は先を急ぐ。ごめん」

軽く頭を下げ、松永の傍《そば》から離れた。

しばらく歩いてから振り向いて見ると、松永市九郎は、まだ立ちつくしていて、こちらを見送っているではないか。

三浦老人は、舌打ちをして足を速めた。

（そうだ。もう、あの碁会へ顔を出すのはよそう）

このとき、老人は決心をしたようである。

ちょうど、そのころ、小川宗哲が亀屋《かめや》での診察を終えて帰って来た。

「お帰りなさいまし」

と、出迎えた五平を見ても、今朝、お福がたずねて来たことを、宗哲は告げなかった。忘れてしまっていたのだ。

「五平。元鳥越の菓子屋で、亀屋という店がある。そこへ、薬を届けてくれぬか」

「へい。かしこまりました」

宗哲は、すぐに薬の調合にかかった。

お福は、蛤《はまぐり》の吸い物に秋茄子《なす》の塩もみ、それに餡《あん》かけ豆腐などの膳《ぜん》ごしらえをして、三浦平四郎が帰るのを待っている。

夜が更《ふ》けた。

五平は薬を届けて帰り、台所に近い自分の部屋へ入って眠っている。

小川宗哲は、少し寝酒をのみ、これも寝床へ入って、

(あ、そうじゃ。今朝、お福が来たことを、五平につたえるのを忘れてしもうた。どうも、このごろ、年齢《とし》の所為か物忘れがひどくなって困る)

おもい出したが、

(そういえば、お福は、あれから顔を見せぬようだ。ま、五平も寝たろうから明日のことでよい)

盃《さかずき》を置いて、眠ることにした。

三浦老人は夕餉《ゆうげ》をすませ、寝間へ引き取った。老人は、帰途、松永市九郎に出会ったことを、お福には洩《も》らしていない。お福には関係のないことだからである。

お福も寝部屋へ入っていたが、

(明日は、どうしても五平さんに会って、松永のことをはなさなくては……ことによったら、新発田《しばた》での、松永のことを旦那《だんな》さまにおはなししておいたほうがいいのでは?)

おもいつつ、いつしか眠りはじめている。

新発田から江戸へ来たことは三浦老人に告げてあるが、あの事件については語ったこともないし、また、そのようなことを問おうとする老人ではなかった。

五

朝になった。

空は、灰色の雲に覆《おお》われてい、妙に、あたたかかった。

この日も早く起きたお福が、朝餉《あさげ》の膳《ぜん》をととのえ、三浦平四郎に出しておいて、

「まことに相すみませんが、ちょっと、出させていただきます。昨日は、五平さんと会えませんでしたので」

と、いった。

「いいとも。行っておいで」

三浦老人は、即座にゆるしたが、

(ばかに急いでいるようじゃ。いつもの、お福に似合わぬような……)

怪訝《けげん》におもった。

お福は、朝餉も口にせず、出て行ったようだ。

これも、おかしい。

一方、小川宗哲は今朝になって、五平に、

「昨日、すっかり忘れてしまっていたが、お福が、お前をたずねて来てのう」

「さようでございますか」

「何やら、急ぎの用事らしかった。今朝は、お前が行ってやってはどうじゃ？」

「かまいませぬので？」

「ああ、よいとも」

「では、ちょっと……」

五平は、宗哲宅を飛び出し、竪川辺《べり》の道を東へ急いだ。

すると、向うから、お福が小走りにやって来るのが見えた。

「おい、おい。お福よ、何処《どこ》へ行くのだ？」

「あっ、五平さん」

「昨日、来てくれたそうだな」

「ええ、それが……」

そこは、三ツ目橋の少し手前の緑町《みどりちよう》四丁目で、朝早くから店を開けている〔能登《のと》平《へい》〕という飯屋がある。

五平は、お福の顔色が徒《ただ》ならぬのを見て、

「ま、こっちへ来ねえ」

〔能登平〕へ連れ込んだ。

「お前、飯はまだかえ?」

「ええ」

「ちょうどいい。おれもまだなのだ」

小女に、味噌汁《みそしる》と飯をいいつけて、

「お福。新発田《しばた》をおもい出すなあ」

店の入れこみは、客で混《こ》み合っていた。

竪川を荷舟で行く船頭たちや人足が、この店を重宝にしているからだ。

「五平さん。あの……」

「どうした? 何かあったのかえ」

「松永のやつが……」

「松永市九郎め、まだ、この辺りに?」

「ええ。よく花駒屋《はなこまや》へ碁を打ちに来るらしいんだよ」

五平の眼が光った。

「それでね、五平さん。うちの旦那《だんな》さまも花駒屋の碁の会へおいでなさるもんだから

……」

「えっ。ほんとうかい、そいつは」

「新発田のこともあるし、私は、何だか、あの松永が気味悪くて……うまくいえないけれど、嫌で嫌で仕方がないのだよ」

「ふうむ……」

唸《うな》った五平が、運ばれて来た味噌汁を一口二口《ひとくちふたくち》と啜《すす》り込みながら、

「畜生め……」

つぶやいた声が、お福の不安を駆り立てずにはいなかった。

「お福。ま、それを食べてしまいねえ」

「ねえ、五平さん。花駒屋で、うちの旦那さまが碁の相手にしていなさるのは、あの松永なんだよ」

「ご、五平さん……」

お福が、そういうと、五平の手から音を立てて箸《はし》が落ちた。

「ほんとか？」

「そんなことを、旦那さまがいっていた」

すると五平は、落ちた箸を取りあげ、凝《じっ》と、あらぬところを見つめていたが、

「あいつは、気ちがいになることがある」

「気ちがいって？」

「ふだんは、そうでもないらしいが、ひどく気が短くて、いざとなると何を仕出かすか知れたものじゃあねえ」

と、五平がいうではないか。

「五平さんは、松永のことを知っているかえ？」

「新発田にいるとき、お前がまだ、神谷《かみや》の旦那のところへ奉公に来る前だが、よく顔を見せたものだ」

「ちっとも知らなかった」

「お福。お前のところの旦那は、今日、家《うち》に居なさるかえ？」

「ええ、何処へも出ないとおもうけれど……」

「そうか……」

何事か考え込みつつ、五平は味噌汁を啜り、飯を口へ運んだ。その様子が徒事ではないように、お福には見えた。

「ちょっと、五平さん」

五平は、少し黙っていてくれというように、目顔でしめし、何か思案をまとめようとしているかのようであったが、ややあって、

「あいつは、あの松永市九郎というやつは、おのれに近づく者に、災難をおよぼしかねないやつなのだ」

と、いった。

「そ、それを私も……」

「そうおもったかえ？」

「ええ。だから、こうして……」

「お福。おれはもどって、宗哲先生にことわって来る」

「な、何を？」

「三浦の旦那のところへ行くと、ことわって来る。お前は此処《ここ》で待っていてくれ。すぐに引っ返して来る」

「それはいいけれど……」

「待っていろ、うごくんじゃあねえぞ」

いうや、五平が〔能登平〕を飛び出して行った。

「お、雨だ」

「とうとう降って来やがった」

入って来た船頭の声がした。

見ると、道の向うの、竪川の川面《かわも》に、白く雨足が立っている。

自分の不安と、五平の不安が、

（同《おんな》じだった……）

そのことがわかって、お福は居ても立ってもいられなくなった。

それから、五平がもどって来るまでの時間が、もどかしいほどに長かった。

雨音が強くなってきたとき、五平が番傘《ばんがさ》を持ってもどって来た。

六

これより先……と、いうのは、五平が、三浦宅へ行くことを、

「宗哲先生にことわって来る。此処《ここ》で待っていてくれ」

お福へいいおいて、飯屋の〔能登平《のとへい》〕を飛び出して行った。その時刻に、剣客浪《けんかく》人・松永市九郎の姿が三ツ目橋の上へあらわれた。

松永が、三ツ目通りを北へ歩むうちに、雨が降って来た。

立ち停《ど》まって、空を見上げた松永市九郎が舌打ちをした。

あたりを見まわし、ちょっと考えているようであったが、三ツ目橋の方へ小走りに引き返した。

その左側に、蕎麦屋《そばや》の花駒屋《はなこまや》がある。

それが五ツ（午前八時）ごろで、花駒屋は、まだ店を開けていない。客を入れるのは四ツ（午前十時）からだ。

だが松永は、かまわず花駒屋へ入って行った。

すぐに出て来たときの松永の手には、番傘があった。店の名の入った番傘を花駒屋から借りたものとみえる。

この番傘をひらき、松永市九郎は尚《なお》も北へすすむ。そして、吉岡町一丁目の角を右へ曲がった。

やがて、横川辺《べり》へ出る。法恩寺橋《ほうおんじ》をわたれば、亀戸天神《かめいど》だが、松永は境内へ入ろうともせず、天神社・西側の道を北へ向ってすすむ。

松永の顔は番傘の内に隠れ、さだかではない。

しかし何故《なぜ》か、口もとがひくひくと微《かす》かに痙攣《けいれん》している。

さらに、北へ行けば、三浦平四郎の居宅がある。松永は三浦老人に会うため、朝のうちに、本所《ほんじょ》へ来たのであろうか。

そのとおりであった。

松永は、三浦家の玄関へ立ち、

「ごめん、ごめん」

何度も声をかけた。

お福がいないので、三浦老人が居間から出て来た。

「どなたじゃ?」

戸を開けてみて、途端に、三浦老人は不快な顔色となったが、それも一瞬のことで、すぐに、いつものおだやかな口調となり、

「これは、松永さん……」

「さよう。お邪魔でござるか?」

「いや、別に……」

「三浦殿は、花駒屋の碁会へ見えるほどゆえ、この家にも碁盤がありましょうな?」

そう問いかけた松永市九郎の両眼《りょうめ》が、白く、不気味な光りを帯びてきはじめた。

その松永の顔を、三浦平四郎が凝《じっ》と見て、

「いかにも、碁盤はありますが、まさか、朝から碁を打つことも……」

いいかける、その言葉に押しかぶせて、

「いや、打ちにまいった」

「何と……」

「ぜひとも、いま、そこもとと碁を囲みたい」

三浦老人が微かに笑って、

「ごめんこうむる」

「逃げるおつもりか」

しだいに、松永は執拗《しつよう》となってきて、

「また笑った。何が、おかしいのでござる！」

雨が強くなってきた。

三浦老人を、むしろ睨《ね》めつけているような松永市九郎は、花駒屋で碁盤をはさみ、向い合っているときの松永とは、別人のようであった。

花駒屋の碁会へ、三浦老人が顔を見せるようになったとき、すでに松永は碁会の常連になっていたのである。

はじめのうちは、三浦平四郎も、

（よい相手が見つかったわえ）

よろこんでいたのだが、つい先ごろから、あまりにも勝負にこだわる松永市九郎を疎《うと》ましくおもうようになった。

松永のほうでは、三浦老人をつかまえてはなさぬ。

気がつくと、他の人びとが何となく、松永を避けている様子がわかった。

碁を打ちに来る人びとは、大半が町人で、おだやかな人たちばかりだ。

それが、松永を避けている理由は、勝負にこだわる松永の性格を嫌《きら》うのであろうか。

しかし、その人びとは三浦老人の相手にならぬ。あまりにも弱すぎる。

そこへ行くと、松永市九郎は互角の腕だし、張り合いがあるのだ。そのため、三浦老人は、松永にのぞまれると、つい相手をすることになってしまう。

だが、世なれた老人は、さして気にすることもなく碁の相手をしてやってきたし、むろんのことに、松永以外の人とも打った。

しかし、昨日は、順養堂の主人を見舞っての帰途、松永市九郎に呼びとめられ、執拗に言い迫られたときに、

（これはいかぬな。この田舎ざむらいとは、もう、つき合わぬこととしよう）

はっきりと、こころを決めたのである。

「今日は、ちょっと用事もあれば、これで、ごめんをこうむる」

こういって、玄関の戸を内側から閉めかけると、松永が、その戸を押えた。

「何をなさる？」

「何もせぬわ。おぬし、昨日、深川で出合《でお》うたとき、妙な笑い方をしたな」

と、松永の口調が変ってきた。

このとき、もどって来た五平と待っていたお福が、飯屋の〔能登平〕を出た。

「五平さん。雨がひどくなってきたね」

五平が、ひらいた傘の下へ、お福は身を寄せた。

「もっと、こっちへ寄れ」

「すみません」

「あのなあ……」

ゆっくりと歩を運びつつ、五平が、

「お前には、まだいわねえことだが……」

「何を？」

「松永市九郎のことさ」

「どんなこと？」

「あいつは、神谷《かみや》の旦那《だんな》の御新造《ごしんぞ》さんを、手ごめにしやがったのだ」

「えっ……」

おもわず、足を停め、お福は五平を見やった。

「五平さんは、どうして知っているの？」

「使いから帰って、見てしまった」

「まあ」

「御新造は、松永にどうかされたとみえ、気を失なっていたよ。それを、あの野郎が
……」

五平を見ると、松永市九郎が凄《すさ》まじい目つきになって、

「しゃべるなよ。しゃべったら、殺す」

と、いったそうな。

神谷弥十郎《やじゅうろう》が用事をすませ、道場へ帰って来たのは、夜に入ってからであった。

「じゃあ、神谷の旦那は、そのことを知らなかったのだね？」

「うすうす、勘づいたのではねえか。何といっても夫婦のことだもの。ともかくも、それから、旦那と御新造さんの間が、どうも妙なぐあいになってきてなあ。この前もいったとおり、神谷の旦那の御新造はな、病気で亡《な》くなったのじゃあねえ。自害なすったのだよ」

「五平さんは、それからどうしたの？」

「む……」

五平は沈黙したが、ややあって、

「おれは、あの蛇《へび》のような目つきの、松永市九郎が怖かった。しゃべったら、あいつは、ほんとうにおれを殺していたろうよ」

二人は、三ツ目通りをすぎ、新辻橋《しんつじばし》のたもとを左へ曲がった。横川辺の道を北へ行けば、亀戸天神を過ぎて、三浦平四郎の居宅前へ出る道だ。

七

松永市九郎は、

「うおっ！」

喚《おめ》きざま、玄関の戸をちからまかせに引き開け、ぱっと土間へ踏みこんで来た。

三浦平四郎も、同時に玄関の板敷へ身を引いて、

「おのれ、気が狂うたか」

と、いった。

その声は、いつもと変りなく、平静そのものであった。

松永は、立ちはだかったまま、無言で三浦老人を睨《にら》みつけている。

白く光る両眼が、いつの間にか血走ってきた。

そのころ、五平とお福は、田代主馬《たしろしゅめ》という旗本の屋敷の裏手を、塀《へい》に沿って歩んでいた。

道は突き当って、左へ折れている。

左へ折れると、すぐにまた、横川の川辺に出る。出れば、三浦老人宅は目と鼻の先といってよい。

一方、三浦宅では、二人が睨み合っていたが、そのうちに松永の左手がそろりとうごき、腰の大刀の鯉口《こいぐち》を切った。

(こやつ、いよいよ、狂ってきた……)

世故《せこ》にたけた三浦平四郎も、事態が、

(このようになろうとは……)

考えても見ぬことで、

(わしは、こやつが、このような男だとは……)

老人は、剣術の修業をしたことはないが、手裏《しゅり》剣《けん》を稽古《けいこ》して、相当の域に達している。

それだけに、松永へひたと眼をつけて、少しずつ身を移し、廊下へ出た。

それを、玄関の土間に立ったまま、松永市九郎が見据《みす》えているのだ。

廊下へ出た三浦老人は、

「おふ……」

いいかけたが、

「五平。五平はいないか?」

いい直した。

この家には、自分のほかにも人がいるということを、松永に知らせるつもりだったのであろう。

それには女の名前より、男の名前がよいと気づいて、いい直したのだ。

むろんのことに返事はない。

「五平。これ、五平……」

じりじりと、松永が迫って来た。

丸腰の三浦老人は、身をひるがえして奥へ逃げた。

同時に松永市九郎が大刀を抜きはらい、土間から板敷の上へ躍りあがった。

お福と五平が、横川辺の道へ出たのは、このときである。

雨は、ひどい降りになってきていた。

「うわ、こいつはひどい」

傘をさしていても、二人はずぶ濡《ぬ》れになってしまっている。

ようやく、三浦家の小さな木戸門が見えてきた。門の戸は開いていた。

二人は、門の内へ転げ込むように入って行った。

台所から入って、お福が、

「旦那《だんな》さま、帰りました。ただいま帰りました」

声をかけたが返事はなかった。

「旦那様、旦那……」

お福は、不安そうに廊下へあがった。

家の中は、しずまり返っている。

雨の音だけが、こもっていた。

「お福。旦那はいないのか?」

と、五平。

「それが……」

居間へ入って行ったお福が、悲鳴をあげた。

「お福。どうした?」

「だ、旦那さまが、大変……」

「何だと」

五平が廊下へ飛びあがった。

三浦老人の居間は、大形《おおぎょう》にいうなら、血の海であった。

老人は、居間の障子のところに倒れていた。そのくびすじのあたりから、おびただしい血汐《ちしお》がふき出している。背中のあたりも斬《き》られたらしく、畳が血まみれになっていた。

「旦那。しっかりしておくんなさい」

五平が三浦老人を抱きおこすと、老人は低い唸《うな》り声をあげた。

「まだ死んではいねえ。まだ、息がある。お福、早く血を止める布《きれ》を……」

お福は、自分の部屋へ駆け込んで行った。

「もし、旦那。五平でございます。しっかりして下さいまし」

大声に呼びかけるや、三浦平四郎の両眼がひらいた。

「五平でございます、旦那……」

三浦老人が、うなずいた。

そして、何かいおうとしたらしく、唇《くちびる》がわずかにうごいた。

「何でございます?」

「う……」

「何でも、おっしゃって下さいまし」

がっくりと、三浦老人の顔が、五平の胸に埋まった。息絶えたのである。

「畜生。何てえことだ」

五平が叫んだ。

あり合わせの布切れを持ち、駆けもどって来たお福へ、

「間に合わなかった。お亡《な》くなりなすった」

五平が、そういった。

虚脱して、立ち竦《すく》んだお福へ、五平が、

「こいつは、きっと松永市九郎の仕業にちがいねえ」

五平の声は、呻《うめ》きに近かった。

松永市九郎は、三浦老人を斬殺《ざんさつ》し、庭へ飛び降り、となりの畑へ姿を消したらしい。

その足跡が残っていた。

五平は、庭へ飛び降り、木立の向うの畑まで見に行ったが、

「逃げてしまやあがった……」

もどって来て、居間の中を見廻《みまわ》し、茫然《ぼうぜん》としているお福へ、

「ここの旦那は、いつも刀を傍《そば》へ置いておかなかったのか？」

「ええ……刀は、どこにあるか、わからないんですよ」

「だって、お前、ここの旦那はおさむらいだぜ。そんなことってあるものか」

「外へお出かけになるときも、刀は小さいのさえ持たずに……」

いいさしたとき、はじめて、悲しみがこみあげてきて、お福は噎《むせ》び泣いた。

「畜生め、よくも、旦那を、こんな目にあわしゃあがった……」

「ああ……私が、外へ出て行ったから……」

「そんなことをいっても、今更、どうなるものではねえ」

「だって……」

もし、自分が家にいるとき、松永市九郎が来て、三浦老人が危なくなったときは、

（蹄《ひづめ》を投げて、旦那さまを助けられたかも知れない）

お福があたえられた十個の〔蹄〕は、お福の部屋にある。

「だって、何だ？」

「いいえ、何でも……」

手裏剣や〔蹄〕の稽古をしていることは、

「他言無用」

と、三浦平四郎から念を押されている。

五平とお福は、湯を沸かし、老人の遺体を浄《きよ》めにかかった。

それから五平は、このことを小川宗哲に知らせに駆け出して行った。

八

松永市九郎は、三浦老人を斬殺《ざんさつ》して姿を消すときに、花駒屋《はなこまや》から借りた番傘《ばんがさ》を、玄関の土間へ忘れて逃げた。

花駒屋へ問い合わせると、まぎれもなく、松永市九郎が傘を借りに来たことがわかった。

本所《ほんじょ》の緑町三丁目に、御用聞き（目明し）をつとめている金五郎という者がいる。

いうまでもなく御用聞きは、町奉行所の与力・同心の下につき、お上《かみ》の御用にはたらくわけで、金五郎は、小梅《こうめ》のあたりをも担当している。

緑町の家では、女房に小さな小間物屋をやらせていて、土地《ところ》の評判がまことによい。

年齢は三十五歳だというが、でっぷりと肥えていて、土地の人びとは、

「だるまの親分」

とか、

「三ツ目の親分」

だとか、よんでいるようだ。

この金五郎が、異変を聞くや、すぐに駆けつけて来て調べにかかった。

「いいかえ、決して余計な事をいうのじゃあねえぞ」

五平は前もって、お福に念を押した。

新発田《しばた》での一件を洩《も》らしてはいけないというのである。

お福は、いわれたとおりにした。

御用聞きの金五郎は、花駒屋へ行き、調べをすすめた。

「へえ。何でも、松永の旦那《だんな》は深川の町道場か何かに泊っていると、そういっておりました」

花駒屋の主人は、

「どうも、あの人は、何となく薄気味が悪いというので、碁の相手になる客もおりませんで、いつも、三浦の旦那が相手をしてあげていたようでございますよ」

「もっとほかに、わかっていることはねえのか？」

「へえ、いつも、ぎょろぎょろと目ばかり光らせて押し黙っているものですから

……」

「ふうん。深川の町道場な……」

「さようで……あ、いつだったか、酒をのみすぎて、これから菊川町まで帰らなくてはならぬ。歩くのが面倒になってしまったから、駕籠《かご》を拾って来てくれと、そんなことをいってましたっけ」

「菊川町か。よし、わかった。ありがとうよ」

「へえ、へえ。ですが親分。こともあろうに、あんな穏やかな三浦の旦那を手にかけようとは……あいつは、きっと悪いやつなんでございますね」

「きまってらあな。顔を見たら、そっと、おれに知らせろよ」

三ツ目の金五郎は、花駒屋を出ると、すぐに深川へ飛んで行った。

深川には、

「仙台堀《せんだいぼり》の政七《まさしち》」

という老練の御用聞きがいて、金五郎は親しくしている。

「何だと。三浦の旦那が殺された？　こいつは捨てておけねえ」

三ツ目の金五郎から事情を聞くと、仙台堀の政七の顔色が変った。

三浦平四郎は、本所のみならず、深川にまで名を知られていて、深川の人びとも、好意を抱いていたらしい。

「三ツ目の。その菊川町の町道場というのは、一つしかねえ。白井惣市《そういち》という一刀流の先生だ」

「そうか……」

金五郎が目の色を変えたのを見た政七が、

「おい、勘ちがいをしちゃあ困るぜ。白井惣市先生は、その松永という野郎とはぐる、じゃあねえ。人柄《ひとがら》のよい、まことに立派な先生だよ。さ、ともかくも一緒に行ってみようか」

菊川町の白井惣市の道場は、菊川辺《べり》の土手下にあった。

榎稲荷《えのきいなり》という社《やしろ》の傍《わき》にある小さな道場だが、門人たちが一杯で、稽古《けいこ》も活気がある。

「やあ、これは仙台堀の親分。よくおいでなさった。さ、こちらへ」

白井惣市は、道場のとなりの住居《すまい》へあらわれた政七と金五郎を迎え、気さくに挨拶《あいさつ》をする。

(なるほど。この人は悪事などできねえ人だ)

一目見て、金五郎は直感した。

妻女が、茶菓の仕度をする間、生まれたばかりの女の子を白井が抱き取り、

「親分。ところで今日は、何事ですかな?」

「はい。実は先生。ここにおりますのは、本所・三ツ目の金五郎と申しまして、私同様、お上の御用をつとめているのでございますが、ま、一つ、金五郎のはなしを聞い

てやって下さいまし」

　そこで金五郎が膝《ひざ》をすすめ、

「こちらに、松永市九郎という人が御厄介《ごやっかい》になっておりましょうか？」

　尋《き》くや、白井惣市が、

「松永が、何か、いけないことでもしましたか？」

「人を殺《あや》めたらしいので」

「ええっ！……」

　白井は、驚愕《きょうがく》した。

「あいつ……松永は、何のことわりもなく、出奔してしまいました」

　老人を殺して、そのまま、松永は白井道場へもどらず、姿を消してしまったものとみえる。

　金五郎が、はなしをすすめるうちに、白井の妻女が茶菓を運んで来て、はなしを聞くともなしに聞いて、顔色が変ってきた。

「実は、妻《これ》も松永を嫌《いや》がりましてなあ。女から見ると、あいつは、どうも気味が悪い男のようです。さよう、私とは、それほどに親しい間柄というのではないが、若いころに松永と一緒に旅をして、共に修業をしたこともあり、ころがり込まれては、無下《むげ》に追い払うわけにもいかなかったのです」

「よくわかりましてございます」

「なれど、人を殺めようとはおもいませんでした」

「もし、こちらへあらわれましたときは……」

と、金五郎と政七が打ち合わせをすると、白井惣市は、どのようにも協力すると約束してくれた。

そして妻女に、

「やはりお前のいうとおりだったなあ」

そういったのである。

外へ出ると、仙台堀の政七が、

「なあ三ツ目の。その松永とやらは、もう江戸にはいねえとおもうよ」

「そうだろうなあ」

「だが、江戸は人目《ひとめ》につきにくいこともたしかだ。何しろ恐ろしいやつだから、一応は、八丁堀《はっちょうぼり》の旦那方へも、このことを申しあげて、手を配らなくてはなるまい」

倉《くら》田《た》屋《や》半《はん》七《しち》

一

三浦平四郎の暗殺について、もっとも衝撃を受けたのは、お福であろうが、別の意味で、

「悔んでも悔みたりねえ」

頭を抱えてしまったのは、五平であった。

間、一髪のところで、五平はお福と共に、まだ生きていた三浦老人に会えたのだし、三浦老人が、〔花駒屋《はなこまや》〕の碁会《ごかい》で松永市九郎を相手に碁を打っていることを知っていたなら、

(新発田《しばた》で、あの野郎がしやがったことを、洗いざらい、おはなしをしておくのだった……)

このことである。

そうすれば、三浦老人も油断をしなかったろう。

だが、五平は、まさかに三浦老人が碁盤をはさんで松永と知り合っているとはおもわなかったし、つい先ごろまで、お福も知らなかったのである。

(ああ、松永の畜生め。生かしてはおけねえ。あいつを生かしておくと、これから先、何を仕出かすか知れたものじゃあねえ)

五平は、松永市九郎が江戸の何処《どこ》かに潜み隠れているとおもっている。

御用聞きの金五郎や政七《まさしち》とは反対に、

(きっと、江戸にいる)

そのおもいを、捨て切れない。

三浦老人の葬式が済んで三日後の夜になってから、五平はおもいきって、三ツ目の金五郎を訪ねた。

「こんなことを、いまになって親分に申しあげるのは遅すぎるとおもいましたが、私は、どうしても、あの野郎が江戸の何処かに潜んでいるとおもうのでございます。何しろ、あいつは行く先々で、むごいことをする男です。実は……」

と、神谷弥十郎《かみややじゅうろう》暗殺の一件から、神谷の妻女を凌辱《りょうじょく》した一件を打ちあけたが、神谷とお福のことについては黙っていた。

「そうか。そんなことが新発田の御城下であったのか」

「はい」

「よく聞かせてくれた。なるほど、こいつは捨てておけねえ。いまのはなしを聞くと聞かねえとでは、大ちがいになる」

「申しわけもございません」

「そんなことがあったからには五平さん。お前さんにもお取り調べがあるかも知れねえぜ」

「覚悟しております。こっちは、ただもう、あの野郎に関《かか》わり合いたくなかったものですから……」

「よし、わかった。ところで五平さん」

「へえ？」

「三浦の旦那《だんな》のところにいる、お福というのは、やっぱり新発田にいたのだってね？」

「さようで。あの娘《こ》とは、神谷先生の道場で一緒にはたらいておりました」

「そうかえ。ともかくも、おれが悪くは計らわねえから、安心をしていなせえ」

「ありがとう存じます」

「このことは一応、小川宗哲《そうてつ》先生にもはなしておくがいいね」

「はい。そういたします」

「こうなったら、何としても松永市九郎を御縄《おなわ》にかけたいものだな」

「親分。お願いいたしますでございます」

五平は、金五郎にいわれたとおり、小川宗哲にすべてを告げた。

「だがな、お前と神谷先生とのことは黙っていたよ。これは、今度のことと関わり合いがねえことだからな。お前も、そのつもりでいるがいい」

その翌日、三浦家へ来て、五平がお福に念を入れた。

「いいか、わかったな?」

「ええ」

お福は、寂しげにうなずき、

「五平さん。人の不幸は長くつづかないけれど、仕合せも長くつづかないって、そういったけど、ほんとうだね」

「とんでもねえことになってしまった……まさか、あの野郎が……」

いいかけて、五平は絶句した。くやし泪《なみだ》が五平の目からあふれてきた。

三浦家は、がらんどうになってしまった。

石原町の息子夫婦が、道具類をすべて持ち運んでしまったからだ。

息子の妻のさとは、一時、お福を引き取ることも考えたらしいが、すでに下女もいることだし、何しろ貧乏御家人《ごけにん》のことだから、余計な人を抱え込むことはできないらしい。亡《な》くなった三浦平四郎は、息子夫婦にあたえる金も遺《のこ》しておかなかったらしい。いや、それほどの金は遺っていなかった、といったほうがよい。手に入った金は、気前よく散らしてしまったからだろう。

「さて、これから、お前の身の振り方を考えなくてはならない」

と、五平がいった。

「奉公口を見つけるのはわけもねえことだ。小川宗哲先生も、お前のことを心配して下すって、うちへ置いてもいいとおっしゃる」

「ほんとう？　それなら、また五平さんと一緒にはたらけるね」

「うむ。そりゃあ、まあそうだが……」

「何か、いけないことでも？」

「そうじゃあねえ。お前のことを、ある人にはなしたら、そういう娘《こ》なら、ぜひとも面倒をみたいというのだ」

「どこの人？」

「おれの古い友だちさ。ほれ、いつか原治《はらじ》で、お前も見ている倉田屋半七という人だよ」

「あ、……あの人、きらい」

「どうして?」

「何だか、薄気味が悪いのだもの」

「人は外見《そとみ》でわかるものじゃあねえ。あの人のことは、おれが充分にわきまえている」

「でも……」

「ともかくも、お前の身の振り方については、おれにまかせないか。どうしても嫌というのなら、仕方がねえけれど……」

「そういうわけじゃない。でも五平さん。今晩、ゆっくりと考えてみる。そうしてはいけないかえ?」

「いいともよ」

お福は、〔原治〕で倉田屋半七を見たとき、自分を見返した半七の眼《め》が、まるで着物の下の自分の裸身を見とおすかのように光ったのを、いまも忘れてはいない。

その夜、お福はまんじりともせずに考えた。いくら考えてみても心が決まらなかった。

(新発田から江戸へ出て来るときは、何事も五平さんにまかせ、少しも心配をすることはなかったのに……ともかくも、私が江戸へ出て来て、ここまで来られたのは、五平さんのおかげだ。松永のやつさえ出て来なかったら、うちの旦那さまも御無事で、

私も仕合せに暮していたのだもの）

　そうおもうと、五平の親切にそむくことはできないとおもう。

　あれこれと、おもい迷うようになったのは、お福が世間を知って大人になりかけているのであろう。

（それに、だれよりも、五平さんは私のことを知っていてくれる）

　このことであった。

（ともかくも、此処《ここ》を一日も早く立ち退《の》かなくてはならない）

　三浦老人が死んだのち、いつまでも、お福が残っているわけにはいかない。この家は、借家なのだ。

（五平さんにまかせよう）

　と、決心がついたのは、朝になってからである。

　お福は、身仕度をして、小川宗哲宅へ行った。

　五平が台所へ出て来て、お福を見るや、

「おう、決心がついたようだな」

「ええ。五平さんのいうとおりにします」

「悪いようにはしねえ、大丈夫だ」

「それで、倉田屋半七さんという人は、何をしていなさるの？」

「商売をしている」

「何の商売？」

「いろいろと、な」

「いろいろ？」

「何しろ、いそがしい人だ。お前に身のまわりのことや何かを……つまり、三浦の旦那のところにいたようなことをしてもらいたいといっているのだ。どうだ？」

「それならわけはないけれど、私でいいのかしら？」

「お前のはたらきぶりは、おれの口から、よく伝えてある」

「それなら、もう、いうことはない。五平さん、よろしくたのみます」

お福は、きっぱりといった。

「そうこなくちゃあいけねえ。そのいいいいところが、お前の身上《しんじょう》だ」

「五平さんは、二年前に、板橋の旅籠《はたご》で、お前は先行き、独りで歩いて行くのだ。この世の中には、たよりになるものなんかないとおもえ、そういったことがある」

「そんなこと、いったっけ？」

「いやだ、忘れたの」

二

お福は、さらに、

「この世の中は、すべてが男のためにできているようなものだから、身寄りのない女は、どうしても苦労をする。いまから覚悟をしておけって、そういったのも忘れたのかえ？」

「忘れた。そんな、えらそうなことを、おれがいったのかなあ。ほんとうかい？」

「ほんとだよ、五平さん」

「取り消しだ」

「だって、そういったのだもの」

「穴があったら入《へえ》りてえよ」

五平は、頭を搔《か》いて、

「お福、ちょっと待っていてくれ。宗哲先生にことわってくる」

こういって、奥へ入って行ったが、すぐに出て来た。

「さ、行こうか」

「どこへ？」

「決まってらあな。倉田屋半七のところへ行くのだ」

「五平さんは、江戸へ来てから、気が早くなったねえ」

「お前だって、いつまでも、あの家にいるわけにはいかねえ。二、三日前に久助の女房が、お前のことをはなしていったよ」

「何だって？」

「身の始末を、早くつけてもらいたいとさ」

「まあ……」

「あの女は口先だけでうまいことをいうが、たよりにならねえ女だよ。よく、おぼえておくがいい」

五平は先に立ち、お福をうながすと、台所口から外へ出て行った。

「なあ、お福」

と、ささやくように五平が、

「おれは何としても、松永の野郎を見つけ出し、三ツ目の金五郎親分へ知らせてやるつもりだ。あいつ、取っ捕まりゃあ、磔《はりつけ》か火焙《ひあぶ》りになるに決まっている。そうすれば、神谷《かみや》の旦那《だんな》や、三浦の旦那の仇討《あだう》ちができる。なあ、そうだろうじゃねえか」

「五平さんは、ほんとに、あいつがまだ江戸にいるとおもっているの？」

「そうだ。江戸は、お上《かみ》の目がきびしく光っているが……何しろ、こんなに人がいるのだから、目につかねえ。それに、な。いったん江戸の水をのんだ男は、なかなか足が抜けなくなる。それは、おれがよく知っている」

五平の声は確信に、みちていた。

「おれは、おれのやり方で、いま、松永を探してもらっているのだ。いいか、このことは決して他人《ひと》に洩《も》らしちゃあならねえぞ」

「そんなこと、だれにたのんだの？」

五平は、お福の問いかけにこたえなかった。

両国橋をわたると、五平は、上野の方向を目ざして足を速めた。

「もう、すぐに冬だなあ」

「ええ」

「そうして、一年が終る。まったくもう、あっという間だ。お前は、どうおもう？」

「どうって、別に……」

「十八だものなあ。まだ、いくらも年月《としつき》が残っているから、そんなことを、おもってもみねえのだろうよ」

五平は、上野の不忍池《しのばずのいけ》の北畔《ほくはん》にある水茶屋〔倉田屋〕というのへ、お福をつれて行った。

店の名前が倉田屋というからには、此処《ここ》が倉田屋半七の住居《すまい》なのだろうか。両国にも水茶屋がある。美しい茶汲女《ちゃくみおんな》を置き、これを目当てに客がやって来るそうな。

だが、倉田屋は両国あたりの雑駁《ざっぱく》な水茶屋とちがい、門には店の名前をしるした、小さな掛行灯《かけあんどん》が出ているきりで、深い植込みの中の通路が、ずっと奥の方へつづいている。

不忍池畔の道をへだてて、東面は、上野山内の鬱蒼《うっそう》たる森だし、店の背後は不忍池がひろがっていて、いかにも風雅な店がまえであった。

「ねえ、五平さん。約束をしてくれないかしらん」

「何の？」

「松永の居所《いどころ》がわかったら、三ツ目の金五郎さんより先に、私の耳へ知らせてもらいたいのだよ」

「えっ。どうしてだ？」

「どうしても」

「ま、そんなはなしは後にして、さ、こっちへおいで」

五平は通路の右手の木立へ入って行く。

この間、店の中からは、だれも出て来ない。茶汲女がいるのか、いないのか、それもわからなかった。

木立の中の細い通路を左へ曲がると、瀟洒《しょうしゃ》な玄関へ出た。だが、此処は店の玄関で

はないらしい。五平が格子戸《こうしど》を開け、

「ごめんなさい。本所の五平と申します。ごめんなさい」

声をかけると、廊下から姿をあらわしたのは、ほかならぬ倉田屋半七であった。

「よく来てくれた。さ、あがっておくれ」

半七の声は、おだやかなもので、この前に、お福が〔原治〕で見たときとは別人のようであった。

「このとおりだ。ま、少しは店のほうで、人も使っているが、家のほうを取りしきってくれる人がいない。さ、こっちへ来ておくれ」

先へ立つ半七の後からついて行くと、廊下の右側に、半七の居間らしき部屋があった。

半七は、器用に茶をいれ、二人へ出してから、

「お福さん。今度は大変な事だったねえ」

「はい」

「私は、ごらんのとおり、独り身で、しかも五平さんより六つも年上だ。もう七十に近いのだよ。十年前までは何でも独りでやれたものだが、いまはもう、何をするにも億劫《おっくう》でね、五平さんとは大ちがいだ」

こういって五平に、

「近ごろは、髭《ひげ》をあたるのも、湯へ入るのも面倒なのだ」

「そりゃあ、お前さん。この前にもいったように、躰《からだ》の何処《どこ》かがいけないのじゃないか。ひとつ、うちの小川宗哲先生に診てもらったらどうだね？」

と、五平。

「なあに診てもらうまでもない。自分の躰は自分がよく知っているさ」

ほろ苦く笑う顔も、お福を見やる眼つきも、

（こんな人だったかしら……）

おもうほどに、今日の倉田屋半七には、嫌《いや》なところがなかった。

「どうだろう、お福さん。お前さんが亡《な》くなった三浦の旦那にしてくれたように、私のところではたらいてみる気はないかね？　この前、原治でお前さんを見かけたころは、年老《としと》ったのがいてくれたのだが、故郷《くに》へ帰ってしまったのだ。まったく、どうしようもない。たのむから来ておくれ」

この前に見たときよりも、倉田屋半七は一まわり、躰が小さくなったようで、語る声にも元気がなかった。顔色もよくない。

「私で、よろしければ……」

われ知らず、お福はこたえていた。

「そうか、来ておくんなさるか？」

「はい」

「よかった、五平さん」

「おれも一所懸命、くどいたのだ」

「すまない。助かったよ」

二人が、語り合う様子を見ていると、

(原治で見かけたときから、いままでに、五平さんと倉田屋さんは、何度も会っていたようだ)

お福は、そうおもった。

「で、いつから来ておくれだね?」

「明日からでもようございます」

「それは助かる」

半七は、おもわず、手を打ってよろこんだ。

三

お福がひとりで帰れることをたしかめた上で、五平は一足先に帰って行った。

そのあとで、倉田屋半七が、お福の待遇や、仕事について語ったわけだが、五平にしてみれば、奉公をしている身だから、いつまでも外へ出ているわけにはいかなかったのであろう。

倉田屋を出た五平は、池のほとりの道を急いで、上野山下へ出た。

今日は、絶好の秋日和《あきびより》である。

上野山下には、人が群れていた。

その人込みの中から、五平を見て、はっと身を引いた浪人者がいる。

松永市九郎であった。

今日の松永は編笠《あみがさ》を深くかぶり、面体《めんてい》を隠していたが、こんな姿の浪人者は江戸の町にめずらしくもない。

五平は、まったく、松永に気づかなかった。

（ふむ。五平というのは、新発田《しばた》の神谷弥十郎《かみややじゅうろう》のところにいた、あの五平だったのだろうか……？）

あの日。

三浦老人を殺害したとき、老人は、たしか、「五平はいないか、五平」と呼ばわった。

ほかにも人がいることを松永に知らせようとおもって、声をあげたのだろうが、松永は気にせず、飛びかかって斬殺《ざんさつ》した。

だが、三浦老人が「五平」の名を呼んだことだけは、おぼえていた。

それが、新発田の神谷家に奉公していた五平ではないかと思ったのは、いまがはじめてである。

三浦平四郎を斬《き》ったとき、三浦家へ帰って来た人がある。松永は庭づたいに逃げ、見られたとはおもわぬが、

(見られたような……)

気もせぬではない。

(では、あのとき帰って来たのは、五平だったのか。五平は三浦家に奉公をしていたのか?)

女中がひとりいると聞いていたが、たしかに三浦老人は「五平」と呼んだのだ。

編笠をかぶった松永市九郎は、見え隠れに、五平の後を尾《つ》けはじめた。

五平は、昼すぎに小川宗哲家へもどって来た。

松永は、これをたしかめたが、五平は気づいていない。

それにしても、松永市九郎が本所《ほんじょ》へあらわれたのは、大胆不敵の行動であった。

さすがに、松永も長居はできないとおもったらしい。

すぐさま、身を返し、両国橋を西へわたって行った。

一刻《いっとき》(二時間)ほどして、お福が両国橋を東へわたって来た。

そして、宗哲宅の台所へ来て、

「五平さん。決めてきたよ」

と、報告をした。

「そうか、どうだったえ？」

「後で、くわしくはなします。私にもやれそうだから、明日から行くことにしました」

「そうか、そうか」

「倉田屋半七という人は、私がおもっていたような人じゃあない」

「だからさ、人は外見《そとみ》だけじゃあ、わからねえといったろう」

「ええ」

「あの男は、むかし、若いころには、少しばかり悪い事もした。この五平と同じにね。そのかわり、善《い》い事もしないわけじゃあない。いまは、そうだな。善い事のほうが多くなっているだろうね」

「それも、五平さんと同じようにかえ」

「ふ、ふふ……」

「五平さん。宗哲先生は？」

「いま、昼寝をしておいでなさる」

「あの……」

いいさして、あたりを見まわしたお福が、五平に近寄り、

「倉田屋の旦那《だんな》を、一度、宗哲先生に診ていただいたほうがいいよ」

「え……」

「この夏、五平さんと一緒のとき、原治で見かけた倉田屋の旦那とは、人がちがったようだ。五平さんは、そうおもわないかえ?」

「ふうむ……」

「あの人は、どうも躰《からだ》が悪いようだよ」

「それは、若いころからだ」

「え……」

「あの人は、自分の躰が弱いことを、よくわきまえている。かかりつけの医者もあるようだし、手当の方法も、よく知っているが、たしかに、秋になってから、ぐあいがよくねえようだ」

「五平さんも、やっぱり、そうおもうかえ?」

「おもう。だから、うちの先生に一度、診ていただきたいのだよ。うちの先生は外科だそうだが、病人の診立ては大変なものらしい。だから、おれは……」

いいかけたとき、奥から下女があらわれ、

「五平さん。先生が呼んでいなさいますよ」

「そうかい。すぐ行く」

お福が、

「五平さん。私はこれで帰ります。明日、倉田屋さんへ行くとき、此処《ここ》へ寄りますから」

「おれがついて行かなくともいいのだな?」

「ええ、大丈夫」

元気よくいって、お福は外へ出て行った。

五平が宗哲の居間へ行き、

「お呼びでございますか?」

宗哲は、まだ身を横たえていたが、

「うん。ちょいとな、これから、わしが薬を調合するから、あとで、元鳥越《もととりごえ》の亀屋《かめや》さんへ届けておくれ。お前の用事は、もう済んだのか?」

「はい。済みましてございます」

「お福の身の振り方は決まったのか?」

「おかげさまで、私の友だちのところへ奉公することになりました」

「うむ。お前さんの友だちというのなら、間ちがいはなかろう」

「その友だちなんでございますが……」

「何だね？」

「一つ、先生に診ていただきたいのでございます。どうも何ですか、見たところ、躰のぐあいが悪いようなので」

「いいとも。いつでも寄こしなさい」

「ほんとうでございますか？」

「わしの躰があいているときなら、いつでも診てあげるよ」

「ありがとう存じます」

「では、亀屋さんへ薬を届けたら、その友だちのところへまわって、診せに来るようにいいなさい」

「さようで。では、そうさせていただきますでございます」

「明日でもいいよ」

「えっ。それは、ありがとうございます。首に縄《なわ》をつけても引っ張ってまいります」

お福は、三浦家へもどると、すぐさま、身のまわりの品々を行李《こうり》に入れはじめた。

三浦老人がくれた十本の手裏《しゅり》剣《けん》と〔蹄《ひづめ》〕も、行李の底に仕舞い込むのを忘れなかった。

（そうだ。久助さんのところの、お米《よね》ちゃんに会っておきたい。あのひとは、間もなく、お嫁に行ってしまうことだし……）

お福は、そうおもった。

何といっても、お米はお福と同じ年ごろだし、そんな友だちはお米ひとりであった。

お米に別れを告げるとなれば、つもるはなしもあるし、

（今日のうちがいい）

早く、身のまわりを片づけて、お米に会いに行きたくなった。

そのころ、編笠姿の松永市九郎が両国橋を西から東へわたりつつあった。

日がかたむきつつある。

このごろは、日がかたむいたかとおもうと、あっという間に暮れてしまう。

お福は、行李を鬱金《うこん》の大風呂敷《おおぶろしき》に包んだ。明日は、これを背負って倉田屋へ行くつもりである。

小まわりの物は、別の包みにして持つつもりであった。

こうして仕度をととのえたお福が、外へ出たとき、松永市九郎は両国橋をわたり切っている。

そのとき、小川宗哲宅では、宗哲が五平を呼び、

「さ、薬ができた。亀屋さんへ届けておくれ。この手紙を一緒にな」

「かしこまりました」

「ところで、お前さんの、その友だちというのは何処《どこ》に住んでいるのだね?」

殺刀

一

五平は、宗哲の問いに、

「友だちの住居《すまい》は、上野の方なんでございます」

とだけ、こたえた。

「それなら、さして遠い回り道でもないな」

「はい」

「では行っておいで。腹ごしらえは、どうするつもりだ？」

「帰って来てから、いただきます」

「よし、よし」

すでに身仕度をしていた五平は、薬と手紙の包みを持って、外へ出た。

この五平の姿を、折しも宗哲宅の近くまで来て、うろうろしていた松永市九郎が見

て、

（あ、出て来た……）

すかさず、物陰へ身を隠した。

五平は気づかぬままに、両国橋を西へ向ってわたりはじめる。

日は、まさに沈もうとしていた。

その、あざやかな夕焼けの空に、鴉《からす》の鳴き声がしている。

五平と、これを密《ひそ》かに尾行する松永市九郎が両国橋をわたりきったとき、お福が二ツ目橋のあたりにあらわれた。

〔伊勢屋《いせや》〕の前を通りすぎ、横網町《よこあみちょう》の久助の家へ行くと、戸締りがしてある。

「ごめん下さいまし」

何度呼んでも、こたえがない。

（どこへ行ったのだろう？）

久助がいないのはわかるが、女房のおとくや、お米《よね》までもいないのが不可解であった。

「久助は、旦那《だんな》に疎《うと》まれて、やけを起し、何でも近ごろは、酒びたりになっているらしい」

昨日、〔倉田屋〕へ行く途中で、五平が洩《も》らした言葉を、お福はおもい出した。

「ひところのおれと同じだよ。だが、そのころのおれは女房も子もいなかった。それだけましだ。三日ほど前に、おとくが相談に来たが、いまのおれには、どうしようもない」

暗い顔つきになった五平は、そういったものだ。

両国橋をわたった五平は、幕府・御米蔵《おこめぐら》の前通りを浅草の方へ向う。

一年のうち、何日あるか知れぬほどの秋日和《あきびより》だけに人出が多い。

つかずはなれずというかたちで、松永市九郎は尾行をつづけている。

(今日のうちに、引き返してよかった。それでなければ、こうも、うまくはいかなかったろうよ)

編笠《あみがさ》の内で、松永はにんまりとした。

松永は、五平が小川宗哲宅へ入るのを見とどけ、引っ返して、浅草の奥山《おくやま》の茶店へ入り、酒をのんだ。

五平の居所《いどころ》はわかったけれども、其処《そこ》がだれの家かを松永市九郎は知らぬ。

場所が本所《ほんじょ》だけに、見とどけてすぐ、松永は引っ返したのだが、

(もう少し、探ってみよう)

と、おもいたった。

松永は、五平を斬《き》るつもりになっている。

三浦平四郎が「五平」と呼んだのは、あるいは別の「五平」であるやも知れぬ。五平などという名前は、めずらしくはないのだ。

(三浦を、おれが斬り殺したので、五平は、いま、あの家へ移ったのか?)

とも考えられる。

(ともかく、いまの家に住む者が、何者であるかを知っておかねばならない)

松永は、そうおもった。

(だが、おれが江戸へ来ていることは、五平も知らぬはずだ。知らぬとしても、五平が江戸にいるかぎり、生かしてはおけぬ)

いつどこで、新発田《しばた》での松永の犯行が、五平の口から洩れないともかぎらぬ。

松永市九郎は、越後《えちご》・村松の浪人の子に生まれた。父の彦蔵《ひこぞう》も剣客《けんかく》であった。

松永は江戸で生まれ、少年のころは、小石川・指ケ谷《さすがや》に道場をかまえていた鳥飼惣三郎《とりがいそうざぶろう》の門人となり、剣の道へ入った。

少年のころ、松永市九郎の剣の筋は、天才的なものだった。

やがて、鳥飼道場では松永に適《かな》う者がいなくなった。

そうした松永を見て、父の彦蔵ですら、目を細めるようになったし、師の鳥飼も松永との稽古《けいこ》を避けるようになってきた。ともすれば、松永に打ち込まれるやも知れないからである。

松永市九郎の鼻は高くなる一方であった。

他流試合にも、ほとんど負けたことがなかった。

そのうちに、父と師が前後して病歿《びょうぼつ》してしまった。

師を失った鳥飼道場は、高弟の田村政之助《たむらまさのすけ》が受け継ぐことになった。

松永は、これがおもしろくなかった。

なかったが、師の遺言《ゆいごん》とあれば、どうしようもなかった。

ときに、松永市九郎は二十二歳であった。

剣術はさておき、人格の上から一道場の主《あるじ》となるのはむりである。松永は、そこに気づかなかった。

新道場主の田村は、松永と木刀をまじえて、三本に一本、勝てるかどうかだ。

他の門人たちは、田村政之助が後継者となったことを、よろこんでいるようだ。

「おもしろくない！」

憤然として、松永市九郎は鳥飼道場を、われから捨てた。

（いまに見ていろ！）

その激怒は、途方もないところへ走って行った。

（おれより弱いやつが、どうして鳥飼道場の後を継がねばならぬのか）

慢心しきっている松永を、だれも相手にしない。

（よし。目に物を見せてくれる！）

と、松永市九郎は田村政之助に真剣の勝負を挑《いど》んだのである。

これに対し、田村は取り合わなかった。

（ざまを見ろ。おのれが弱いから立ち合えぬのだ）

松永は、よろこんだが、反応はない。

他の門人たちは、

「いまどき、真剣勝負などをするばかが何処《どこ》にいる」

「松永も血迷ったなあ」

「そこが、あの男の愚かなところだ」

「かまうな。ほうっておけ」

などと、頭から松永をばかにしている。

その声が耳に入って、短気な松永市九郎は、もうどうしても我慢ができなくなった。

その年も暮れようとする或《あ》る夜、松永は道場から帰る田村を待ちぶせ、白山権現社《はくさんごんげんしゃ》の境内へさそい込み、斬殺《ざんさつ》してしまったのである。

人を斬殺したのは、これが、はじめての松永であった。

飛びちがいざまに、田村のくびすじ（頸動脈《けいどうみゃく》）を斬り割った松永が、飛び退《の》いた目の前で田村政之助が大刀を落し、倒れ伏すのを見た瞬間、松永市九郎の五体は、得もいわれぬ快感につらぬかれた。

松永は、激しく身ぶるいをした。

(真剣の勝負とは、こうしたものなのか。いま、わかった)

それから何人もの人を殺めて《あや》きた松永だが、神谷弥十郎《かみややじゅうろう》だけは、尋常の立ち合いでは勝てぬとみて、弓矢を使ったのだ。

かねてから松永は、弓矢の稽古をしていた。弓矢は眼《め》の力を養い、集中力を増す。

それが剣術のためになると考えたからだ。

二

元鳥越《もととりごえ》の菓子舗〔亀屋善助《かめやぜんすけ》〕方へ薬と手紙を届けた五平は、亀屋から、みやげの菓子と心づけをもらい、裏道づたいに新堀辺《しんぼりべり》の道へ出た。

この堀川は、明暦の大火以後にできたもので、下谷《したや》・竜泉寺《りゅうせんじ》の田圃《たんぼ》から、鳥越橋の下を大川へながれ入っている。

五平が新堀端《ばた》へ出たとき、早くも夕闇《ゆうやみ》が夜の闇に変りつつあった。

五平は、浄念寺《じょうねんじ》の門前にある茶店へ入り、茶を二杯のみ、饅頭《まんじゅう》を二つ、ゆっくりと食べた。

それから用意の提灯《ちょうちん》を出し、火を入れてもらった。

外は、かなり暗くなったけれども、まだ宵《よい》の口だし、人通りが絶えたわけではない。

新堀端の両岸を通る人びとの提灯がうごいていた。

「さ、お持ちなさいまし」

茶店の老婆《ろうば》が火をいれた提灯を出すと、

「ありがとうよ」

五平は、勘定をして立ちあがった。

「お気をつけなすって」

「はい、はい」

新堀端へ出た五平は、少し先にある浄念寺橋へ向った。

この橋は、長さ二間《けん》余。幅一間という、ごく小さな橋である。

夜気が冷えてきた。

五平が浄念寺橋へかかって、わたりはじめた。

長い橋ではないから、たちまち西詰へわたりきった、その瞬間であった。

五平の背後から橋をわたって来た人影が一陣の突風のように、五平を追い越して行き、橋をわたって、向い側の旗本屋敷の傍《わき》の細道へ走り込んだ。

「う……」

呻《うめ》いた五平の躰《からだ》が、ぐらりと揺れた。

五平の手から提灯が落ち、めらめらと燃えあがった。

五平のくびすじのあたりから、おびただしい血がふき出している。

二歩、三歩と足を運んだが、それが限度で、五平の躰が戸板でも倒すように、倒れ伏した。

「何だ、酔っぱらいか」

通りかかった男がそれを見て、連れの男にいったほど、松永市九郎が五平を斬《き》った早わざは目にもとまらなかった。

そのとき、松永市九郎は、武家屋敷が建ちならぶ細道から細道を駆け抜けつつ、完全に姿を消してしまっている。

(ふうむ。われながら見事だったな)

走りつつ、松永は脇差《わきざし》にぬぐいをかけ、鞘《さや》におさめた。

五平を尾行しつつ、考えたとおりに、松永は暗殺をやってのけた。大刀を使わずに、差し添えの脇差を使ったのは追い越しざまに斬る、または、すれちがいざまに斬るのに長い大刀よりも脇差のほうが、

(やりやすい)

と、考えたからである。

（人通りがあってもかまわぬ）

決意したのは、五平が茶店へ入ったのを見たときであった。

手ごたえは充分だ。

くびすじの急所を、

（はね斬るのが、もっともよい）

何度もある暗殺の経験から推しはかってみて、松永は自信をもっている。

果して五平は、一瞬のうちに息絶えてしまった。

五平の死体を発見したのは、浄念寺の近くの竜宝寺《りゅうほうじ》の僧であった。

五平の死体の傍《そば》に、亀屋の菓子箱が落ちていた。これは亀屋の名物になっている〔亀屋饅頭〕で、五平が辞去するとき、亀屋の主人が心づけと共に、

「これは、宗哲先生がお好きなものだから、御苦労でも持って行って、さしあげて下さい」

と、わたしてよこしたものだ。

菓子箱には亀屋の名が入っている。これによって、すぐに亀屋へ知らせが行く。

おどろいた亀屋の者が、死体を五平だと確認し、小川宗哲宅へ運んだ。

「五平……」

そういったきり、小川宗哲は、言葉も出なかった。

すぐさま、三浦宅へ使いの者が駆けつけて行った。

すでに、お福は帰って来ていたから、それと聞いて驚愕《きょうがく》したことはいうまでもない。

同時に、三ツ目の金五郎へも知らせが行った。

飛んで来た金五郎は、五平の死体を丹念に調べていたが、

「むう……」

唸《うな》り声を発し、

「松永の野郎、まだ、江戸にいやがったか……」

つぶやいたものである。

「それは、どういうことじゃ？」

宗哲が問うや、金五郎がくびすじの傷口を指して、

「三浦の旦那《だんな》と同じでございますよ」

「ほ、ほんとうか？」

「たぶん、あの野郎がやったにちがいございません」

そこへ、お福が駆け込んで来た。

お福は声もなく、五平の死体の前へ坐《すわ》り込んだ。

「五平は、元鳥越の亀屋へ、わしの使いで薬を届けにまいって、その帰りに上野の方にいる友だちの住居《すまい》へ行くはずだったのですよ、親分。殺された場所が浄念寺橋とい

うからには、亀屋を出て、上野へ向う途中だったにちがいない」

「そうでござんすか。それにしても可哀想《かわいそう》なことを……」

三ツ目の金五郎は、五平の死顔へ白布を掛け直そうとした。

伊勢屋《いせや》で知らせを受けた久助が駆け込んで来たのは、このときであった。

「叔父さん……」

呼びかけた久助が、身をもむようにして号泣した。

お福は泣かなかった。

おだやかな五平の死顔を喰《く》い入るように見つめ、唇《くちびる》をかみしめていた。

あとでお福が、宗哲に、

「五平さんは殺されるとき、どんなだったのでしょうか？　痛くも苦しくもなかったのでしょうか？」

「おそらくな。あの傷のぐあいでは、一瞬の間だったろうよ」

「あんな、おだやかな顔をして……」

「人の死顔のほとんどは、どのような悪人でも、おだやかになるものじゃ。それはそうと、お福」

「はい」

「五平がいった上野の友だちというのは……」

「たぶん、私が明日から行くはずになっている新しい奉公先だとおもいます」

お福の声には、取り乱したところが少しもない。

われながら落ちついていて、泪《なみだ》も出ないのがふしぎであった。

だが、ほんとうの悲嘆は、月日がたつにつれて、じわじわとひろがり、深くなって行くものだということを、お福は両親の死によって経験している。

三浦老人が殺されたときも、噎《むせ》び泣きに泣いたのは、時がたってからだ。

お福は、五平の葬式がすむまで、倉田屋へは行けないことになったから、明日は先《ま》ず、それをことわりに行かなくてはならなかった。五平が殺害されたことを知らせるのは、そのときでいいとおもった。

伊勢屋の旦那は、五平の死を聞いて、

「あいつも、とうとう年貢《ねんぐ》をおさめたかい」

こういって笑い出したそうな。

それを聞いたとき、お福は、

「はらわたが煮えくり返るというのは、あんな気持ちだとおもいました」

後になって語ったことがある。

旦那の目を盗んで、伊勢屋では、古い女中や小僧などが線香をあげに来てくれた。

そういう人たちは、五平に同情していたらしい。

五平の通夜《つや》も葬式も、小川宗哲がいとなんでくれた。

三

五平の葬式には、倉田屋半七も駆けつけて来た。

五平の死顔を見るや、

「五平どん。おれより先に、こ、こんな目にあって……ひどいじゃないか、おい」

よびかける声が、ふるえていた。

半七は、小川宗哲に、

「この、お福さんは、たしかに私が引き受けましてございます」

「よろしく、な」

「はい」

「ところで倉田屋さんとやら、お前さんの御商売は？」

「はい。水茶屋のようなものをやっておりますが、お福さんは店のほうには出しません。私ひとりの家の内を取りしきってもらえばよいので、決して、御心配にはおよびません」

きっぱりという。

「なるほど」

「何しろ私も、独りきりだものでございますから……」

「ふむ、ふむ」

うなずきながら、ごく自然に、宗哲は半七の手首をとり、脈を診ているらしい。

半七も、素直に診察を受けているかたちであった。

「倉田屋さん」

「はい？」

「養生をせぬといけませんな」

「さようで……」

「ちょと、舌を出してごらん」

「こうでございますか？」

「ふむ……煙草《たばこ》と酒は？」

「やめようとおもっておりますが、どうしても、その……」

「断ちきれないか」

「はい。困ったものでございます」

「ふむ、ふむ。だが、やめるほうがよい。おやめなさい」

「へ、へえ」

「もう少し、生きていたいとおもえば、やめることだ」

五平の葬式が終えた後で、宗哲がお福に、

「お前、どうしても倉田屋へ行くつもりかえ?」

「はい」

「此処《ここ》にいてもいいのだよ、五平のかわりをしてくれればよい」

「……………」

「あの倉田屋半七という人は、間もなく、五平の後を追うことになるかも知れない。もっとも、わしのいうことを守って養生をすれば、少しは長生きもできようが、あの人は、医者のいうことが聞けまい」

「急に、悪くなったのでございましょうか?」

「いや、若いときからの病《やまい》もちだ。心ノ臓ばかりではない。何処《どこ》も彼処《かしこ》も悪い。年齢《とし》も五平より上だそうな」

「はい」

「あの人は、われから死ぬ日が近寄って来るのを待っているようなところがある。選《よ》りに選って、五平はなぜ、あの人のところへ、お前を奉公させる気になったのだろうな?」

「さあ……」

「どうするつもりじゃ？」

「五平さんが行ってくれというのですから、明日から倉田屋さんへまいります」

「そうか。では仕方もないが、よいか、今度は、この小川宗哲が親もとじゃとおもえ。わしも倉田屋には、そのようにしかとはなしておいた」

「ありがとう存じます」

「何か嫌《いや》な事でもあったなら、すぐさま、此処へ帰って来るがよい。何でも、わしが引き受けてやる」

小川宗哲がいった言葉を、お福は、

（百人力《りき》……）

と、おもった。

それにしても、五平の葬式が終ると、

（ほんとうに、もう、私は独りぼっちになってしまった……）

このおもいが、骨身にこたえ、お福は小川宗哲宅の一間で身を横たえてから、声もなく泣いた。

あとからあとから泪《なみだ》が出てきて、とまらなかった。

両親が死んだときよりも、痛切に悲しく、それだけに一層、松永市九郎への憎悪《ぞうお》が強烈になってくるのを、どうしようもなかった。

五平の葬儀が終って帰るときに、倉田屋半七は、

「ちょっと、つきあっておくれ」

お福を外へ、さそい出した。

半七は、先に立って蕎麦《そば》屋の〔原治《はらじ》〕へ入って行った。

先《ま》ず、蕎麦掻《が》きと酒を注文した半七が、

「その、五平どんを殺した、松永市九郎というやつは、お福さんの顔を見て、それとわかるかね?」

「いいえ、私は見知っていますけれど、松永のほうでは、わからないとおもいます」

「そうか。それならいい」

「何か、あの……」

「いや、五平どんは、何とか手をつくして、松永の居所《いどころ》を突きとめてもらいたいと、私にたのんでいたのだ」

「まあ」

「私も、これで、いろいろなところに手をひろげているのでね。本所《ほんじょ》の三ツ目の親分が出しなすった、松永の人相書も手に入れてあるのだよ」

はじめて聞くはなしである。

「それじゃあ、倉田屋さんは、お上《かみ》の?」

「いやいや、とんでもない」

半七は、手を振って、

「いいかえ、このことは、お前さんにだけ打ちあけているのだよ」

「はい」

「ともかくも、松永というやつは、あんな気ちがいだ。お福さんの……」

「あの、旦那《だんな》」

「何だえ？」

「どうかその、お福さんは、やめて下さいまし。明日からは、そちらさまではたらかせていただくのですから、お福と呼び捨てになすって下さいまし」

「ああ、そうかえ。よくわかりましたよ。それでは、お福」

「はい」

「松永は、新発田《しばた》で、神谷弥十郎《かみややじゅうろう》という剣術の先生の御新造《ごしんぞ》さんを気絶させ、怪《け》しからぬまねをした。それを、五平どんに見られた。だから殺したのだ。お福は、それを知らないのだね？」

「まだ私は、神谷さまへ奉公にあがっていませんでした」

「それならいい。それで安心をした」

半七は、酒を一口《ひとくち》のんで、

「さ、蕎麦掻きを熱いうちにおあがり」

「はい」

「お前さんをはじめて見たのは、この原治だったが、あのころは躰《からだ》の調子がばかによくて、元気にしていたのだけれど……いまとなっては、一本の酒を持てあますようになってしまった」

ためいきを吐くように、倉田屋半七はそういった。

「ねえ、お福。私はね、松永のやつをきっと見つけ出してみせる。そのときは、お前へ先ず知らせることになっている。五平どんがそういっていたからね。それで、お前、どうするつもりだ？」

お福は黙った。

「まさか、お前が五平どんの敵《かたき》を討つつもりじゃあないだろうね」

「いいえ」

「では、どうするつもりだ」

「三ツ目の親分さんに、私の口から知らせたいのでございます」

「ふうむ……なるほど。そのときには、私が知らせるより、お前のほうがいい。そうだ、そのほうがいい」

半七は、何度もうなずいた。

四

お福の新しい生活がはじまった。

五平と共に訪れたとき、通された居間を中心にして三部屋ばかりが、倉田屋半七の住居《すまい》といってよい。

不忍池《しのばずのいけ》に面したところに長い渡り廊下があり、住居と店をつないでいる。

お福のすることといえば、住居のほうの掃除、半七の衣類の世話、食事の仕度などで、ほとんど、三浦老人宅にいたときと変らない。

三日も経《た》つと、どの部屋も、きれいに片づいて、見ちがえるばかりになったし、朝の膳《ぜん》に、お福が白粥《しらがゆ》を出すと、半七は、

「こいつはいい。こうでなくちゃあいけねえ。いまの私の躰《からだ》には、これがいちばんいい」

半七は、非常によろこんだ。

夕飯をすませるころに、渡り廊下を、店のほうから中年の男があらわれ、

「旦那《だんな》。仕度がよろしゅうございます」

と、いう。

この男の名を富五郎《とみごろう》といった。無口な、無表情な男で、半七が、お福を引き合わせると、

「さようですか、それはようござんした。お福さん、よろしくたのみますよ」

言葉づかいはていねいで、身につけているものもきちんとしていた。店のほうには、富五郎のほかにも、女の奉公人が何人かいるらしいが、半七が住居に足を入れさせるのは富五郎だけであった。

富五郎が来ると、半七は着換えをして、渡り廊下を店へ出て行くが、ときには、お福に茶をいれさせ、富五郎を居間へ通し、額をつき合わせるようにして、何やら打ち合わせをすることもあった。

店は水茶屋ということだが、出合《であい》茶屋でもあるらしい。さまざまな男女が密会をする出合茶屋は、近年、増えるばかりで、不忍池の畔《ほとり》から池《いけ》ノ端仲町《はたなかちょう》にかけ、出合茶屋の数は多い。

だが、倉田屋半七は、

「お福や。お前は店のほうへ顔を出さないほうがいいよ」

と、いってくれるし、お福も、もとよりのぞむところではない。それよりも半七の身のまわりの世話で精一杯であった。

半七は、潔癖なほどにきれい好きで、下着は毎日、取り替えるし、月に一度、これ

をすべて新しいものに換えなくては気がすまない。洗濯《せんたく》したものは、火熨斗《ひのし》をかけさせる、というわけで、お福のすることは、いくらもあるのだ。

「ああ、ほんとうに、お前が来てくれて助かったよ」

何かにつけて、半七はそういう。

「何をするにしても、なんとなく張り合いが出てきたようだ。もしかすると、もう少し生きていられるかな」

声にもちからがこもってきて、

「酒もやめよう」

ぴたりとやめてしまったが、

「こいつだけは、どうにもやめられない。困ったものだね」

というのが煙草《たばこ》であった。

「そんなに、おいしいのですか?」

「いや、別に旨《うま》くはないよ。ただ、けむりを吸い込んでいるだけなのに、どうしてもやめられない。私の躰には酒よりも煙草のほうがいけないと知ってはいるのだが……」

「それなら仕方もありませんけれど、そのかわり……」

「そのかわり?」

「月に一度でようございますから、小川宗哲先生のところへおいでなさいまし」

「あの先生は、どうも怖いよ」

「もし、おいでにならないのなら、私も御奉公をやめさせていただきます」

「じょ、冗談をいっちゃあいけない。それとこれとは別のはなしだ」

「別ではありません。ともかくも、おいでになって下さいまし」

お福は強くすすめ、

「そして帰りには薬をかならず、いただいて来て下さいまし。宗哲先生によくよくおたのみしてあるのですから、約束を破ることになると、私、此処《ここ》にはいられません」

「どうするつもりだ？」

「宗哲先生のところへ帰ります」

「えっ」

お福は何としても、半七の健康を取りもどしたいと考えている。何となれば、

（この旦那さんは、松永市九郎の居所を探して下さるのだから……）

であった。

もっとも、それだけではない。倉田屋半七の世話をするのは、三浦老人の層倍の労力がいるし、神経もつかわなくてはならないが、半七の気にいるようにはたらいていれば、むしろ、半七のほうからたよりにするようになった。半七は五平より年上だと

いうが、三カ月もすると、お福に何も彼《か》もまかせきって、子供のように、

「今夜は、豆腐が食べたい」

とか、

「久しぶりに、鴨《かも》を焼いておくれ」

とか、せがむようになってきた。

こうなると、女房ではなくとも、

(私がついていてあげなくては、この旦那、どうなってしまうか知れたものじゃあない)

自然、お福はそうおもうようになる。この女の本性に、そして半七は、あまえるようなところがあった。

「このごろの私は、何も欲というものがなくなって、気が楽になってきた」

と、よく半七は口にするが、顔つきまで変ってきたようだ。はじめて〔原治〕で半七を見たときの顔とは別人のように穏やかな顔になって、

「これから、私に、ついてまわっていた面倒な糸のからみを一つ一つ、ほどいてしまい、もっと気楽になりたいものだ」

つぶやくように、いうこともあった。

小川宗哲宅へも、月に一度は足を運び、検診を受け、薬をもらって来るのを忘れな

い。

お福は、本所へ足を向けなかったが、或《あ》る日、ぶらりと小川宗哲が倉田屋へ訪ねて来て、

「お福。この近くまで来たので寄ってみた。どうやら元気らしいな」

「はい」

「半七さんの躰は、だいぶんによくなったとわしはおもう。だが、あの躰の中は、むちゃくちゃに毀《こわ》れているので、どうしようもない。元通りになるのは、むずかしいことじゃ。いつ、何が起ってもふしぎはない。だが、このことは半七さんにいわぬほうがよい」

その日、半七は外出《そとで》をしていた。

半七は、お福が女中に来てくれたことを非常によろこび、

「五平どんは、ほんとうにありがたい人を私に遺《のこ》してくれました。生き返ったようなおもいがいたします」

と、宗哲にいったそうな。

「まあ、そんなことを、うちの旦那さんが先生に……」

「おお、たしかにいった。だからお前さんも、そのつもりで、世話をしてやんなさい。五平への功徳《くどく》になる」

「はい」

その折に半七は、宗哲へ、

「こんな躰でございますし、年齢《とし》も年齢ですから、いつ、あの世へ旅立つか知れたものじゃあございません。もし、そうなったときには、先生からお福へわたしてやって下さいまし」

何と、百両もの大金をあずけて行ったのだが、小川宗哲は半七のいうとおりに、これをお福へ告げていない。

しかし百両といえば、庶民一家族が十年近くも暮せるほどの大金である。それをもってしても、半七がよほどにお福の身を気にかけていたことがわかろうというものだ。

お福が本所へ足を向けなかったのは、半七が、

「まあ、大丈夫だとはおもうが、どんなことから、あの松永のやつが、お前のことを嗅《か》ぎつけないともかぎらない。当分は外へ出ないようにしたがいい。まして本所あたりへは行かないことだ」

お福に念を入れたからである。

久助と、その家族のことが気にかからないではなかったが、当分は凝《じっ》としているよりほかになかったし、はたらきはじめてみると、いくらでも用事があって、外へ出る暇もない。

ただ、久助の娘お米《よね》の縁談が毀れたことだけが、小川宗哲の口からお福の耳へ入ってきた。

この年も、あっという間に暮れた。

二十《はたち》の春

一

お福は、この年、安永二年（西暦一七七三年）で二十の春を迎えた。

三浦平四郎老人と五平が殺害され、お福が倉田屋半七に引き取られてから、早くも二年の歳月が過ぎた。

新発田《しばた》から江戸へ出て来てから、四年も経《た》っている。

この四年間に、お福はたよりにする人を二人も失なってしまった。それも狂犬のような男の魔剣によってである。

三浦老人も五平も、老人であったし、お福より先に死去するのは、あの事変が起らなくとも当然ではあったが、新発田にいたときの神谷弥十郎《かみややじゅうろう》も、三浦老人、五平も、すべて松永市九郎の兇刃《きょうじん》に殪《たお》れたことになる。

去年の春のことだったが、倉田屋半七がお福に、こういった。

「ずいぶんと手をつくしてみたが、松永市九郎のやつは、もう江戸にはいないらしい。江戸にはいなくなっても、あいつは諸方で悪事をはたらいていることだろうよ。それをおもうとやりきれないが、お上《かみ》のほうでも、松永のことはあきらめてしまっているらしい」

つまり、迷宮入りとなったわけだ。

半七は、その後、さしたることもなく元気にしていた。

感心に、小川宗哲宅を月に一度、訪ねて検診を受けることだけは欠かさないし、お福が煎《せん》じる薬も顔を顰《しか》めながらのんでいる。

たよりきっているといえば、お福に対する、いまの半七がそうであった。

衣食住のすべてを、お福にまかせきって安心をしている。

店のほうから富五郎が来て、何か、むずかしいことでも相談すると、

「だめだよ、富。おれはもう欲というものがなくなってしまったのだから、以前のようなまねはできねえ。何しろ、金というものが全く欲しくないのだから、このはなしはことわるより仕方がない」

と、いっているのが、茶を運んで行ったお福の耳に入ったこともあった。

(以前のようなまねというのは、どんなことだったのだろう?)

いくら考えてみても、お福にはわからなかった。

店のほうは繁昌《はんじょう》しているようだが、住居《すまい》にいると、いつも、ひっそりとしていた。

半七は、お福をつくづくと見て、

「ああ、お前というものが来てくれて、私は、ほんとうに仕合せものだ。この年齢になって、こんな仕合せがやって来ようとは、夢にも思わなかった」

子供のようによろこんでいる。

そうかとおもうと、

「いや、いけねえ。私ひとりが、いくら仕合せでも、お前が、こんな爺《じじ》いを相手にむだな月日を送っているのでは、どうにもならない」

「そんなこと、私は考えてみたこともございませんよ」

「だって、二十といえば、子供の一人や二人、いてもおかしくない年ごろだ。お前は何処《どこ》へ嫁に行っても立派にやれる。それをお前……」

「いいんです、そんなこと」

「いや、よくはない。いくら、自分ひとりが仕合せだからといって、いつまでも手ばなさず便利につかっているのはよくないことだ。自分はよくても、お前の仕合せを横取りしていることになる。それで私もなあ、このごろ、つくづくと考えているのだよ。だれか、いい男を見つけて、お前を嫁にやろうと、な」

「まあ……」

そんなことを、半七が考えているとはおもわなかった。

「だが、お前を嫁にやってもいいとおもう男は、なかなかいない。もっとも、そこには、お前に出て行かれたら、もう私はどうしようもなくなる、困る、さびしいと、自分勝手なおもいがあって捨てきれない。ほんとうに男というものは勝手な生きものだよ」

半七は、嘆息を洩《も》らし、

「けれど、そんなことをいってはいられねえ。お前には嫁入りの時期が来ている。この時期を外してはいけない。小川宗哲先生にも、よくよくお願いをしてあるのだがね」

「何をでございますか？」

「お前の嫁入り先をだ。どうも、私のまわりにはろくな男がいない。何しろ私は、むかしからろくでもない世渡りをして来た男だからね」

「いいんでございます、嫁に行かなくても……」

「そうは行かないよ」

半七が自分のことを、そこまで考えていてくれるのかとおもうと、

（お嫁なんかに行かなくともいい。何処までも旦那《だんな》の世話をしてあげよう。それで私の一生が終ってもいい）

いさぎよく、覚悟をきめている。

松永市九郎の姿が、江戸から消えたらしいと知ってから、三月《みつき》に一度、二月《ふたつき》に一度ほどは、

「たまには、気晴しに行こうかね」

半七は、お福をさそい出し、諸方の料理屋や神社・仏閣をまわって歩くようになった。

そんなとき、

「ここはね、むかし、五平どんとよく来たものだよ」

何かにつけて、五平の名前が出るのであった。

半七と五平とは、若いころに、それこそ「切っても切れぬ」ほどの関《かか》わり合いがあったらしい。だが、お福が深く立ち入って聞こうとするや、

「私もそうだが……いまは亡《な》くなった五平どんに、恥をかかせることもないだろう」

半七は、ぷっつりと口を閉ざしてしまうのである。

お福は、本所界隈《ほんじょかいわい》へも足を運ぶようになった。本所という土地は、いわば、お福にとって、第二の故郷のようなもので、何処へ行ってもなつかしかった。

久助は、あれから〔伊勢屋《いせや》〕を追い出されるかたちとなり、妻子を連れて行方不明になってしまった。

(お米ちゃんは、どうしているだろう?)

それも、わからなかった。

深川に、久助の女房の実家があると聞いていたが、深川の何処で何をしているのかも、お福は知らない。いつか、お米を訪ねて行ったとき、久助の家にはだれもいなかったことがある。おそらく、女房とお米は深川の実家へ、酒や博奕《ばくち》に溺《おぼ》れ込んだ久助のことについて、相談にでも行ったのであろう。

伊勢屋の評判もよくない。

商売はしているけれども、

「今度の旦那では、あの店も先行きが見えている」

「一年は保《も》つまい」

というわさだそうな。

（たった二年の間に……）

と、お福はいつも思う。

（大人の世界は、びっくりするほど、変ってしまうものだ）

このことである。

そのお福も、いまや大人になりかかっている。

いや、当時の女として、もう大人といってよいのだ。

二

〔倉田屋〕は、不忍池《しのばずのいけ》の畔《ほとり》からも、店へ入れるようになっている。ここから入って来るのは、水茶屋の客であって、美しい茶汲女《ちゃくみおんな》も何人かいるらしいが、いずれも通って来るらしい。

午後になると出合《であい》茶屋の門が開く。この門は半七の住居と同じ門だが、木立に包まれた通路は門内で二つに別れ、一は住居へ、一は出合茶屋のほうへ通じている。

「もう、いいかげんに商売をやめてしまいたいのだが、そうも行かない。私には、いろいろな笧《しがらみ》が引っかかっていて、なかなか、おもうようには行かないのだ」

時折、半七は茶をのみながら、お福にそんなことをいう。

「どんな笧なのですか?」

「一口にはいえない。また、それを、お前に聞かせたところでどうにもならない」

半七は、絶対に、お福を店のほうに行かせなかった。

「あっちは、お前の眼《め》に入れるものではないよ」

と、お福に相対するときの、半七の言葉づかいは品のよいもので、どこかの大店《おおだな》の主人《あるじ》のようだが、富五郎が相談にあらわれたときなどには、

「冗談をいっちゃあいけねえ。もう、そうそうはあいつにつき合ってはいられねえ。文句があるなら好きにしろといってやれ」

とか、

「ふん。おれはな、もう、いつ死んでもいいのだ。怖いものなんか一つもありゃあしねえよ」

とか、伝法《でんぽう》な言葉づかいになるのを、お福は耳にはさんでいる。

ともあれ倉田屋半七は、お福などには窺《うかが》い知れぬ、いくつもの面をもっていて、(私が知っている旦那《だんな》さんは、その一つにすぎない)

ことが、二年も経《た》つと、お福にも納得できた。

或《あ》る夜、店から渡り廊下をもどって来た半七が入浴をすませて、

「ああ、今日は面倒なことばかりで、疲れた疲れた」

というので、お福が、

「肩を、もみましょうか？」

「すまないね。では、やってもらおうか」

肩をもむ、お福の手を半七が擦《さす》りはじめた。

はっと、お福が身を引きかけると、

「何もしやしない。できやしないよ」

と、半七が、

「せめて、十年も前に、お前に出合っていたらなあ……」

深いためいきを吐いて、

「遅い。何も彼《か》も遅すぎる。だからな、私は欲張らないことにしている。いま、私が考えていることは、どうしたら、お前が仕合せになれるかという、それだけだよ」

「いいんです。私はいま、仕合せですもの」

「ほんとうにかい？」

「ええ。どうして、そんなことを……」

「女の仕合せは、男にわからない。わかったつもりでも、真から男にはわからないのだ。だから……」

いいさして、半七が急に黙り込んでしまったので、お福が背後《うしろ》から覗《のぞ》き込むようにして見ると、半七の頬《ほお》へ泪《なみだ》が一筋、尾を引いているのが、はっきりとわかった。

それを見たとき、わけもわからず半七が、

（可哀想《かわいそう》に……）

おもえてきて、お福は衝動的に、半七の細い躰《からだ》を背後から抱きしめ、背中へ顔を押しつけていた。

そのとき、半七の躰がぴくりとうごいたようだが、

「お福。ありがとうよ」

呻《うめ》くようにいった。

「だ、旦那さん……」

「お前、何となく、私を気の毒な男だとおもってくれるのか」

「………」

ごくりと、半七の喉《のど》が鳴った。

生唾《なまつば》をのみこんだのである。

それから、二人は長い間、うごかなくなってしまった。

やがて、どちらからともなく、躰をはなして、お福は台所へ去った。

お福は顔に血がのぼっている。躰にもうす汗がにじんでいた。ただ黙って、半七の瘦《や》せた躰を背後から抱きしめ、背中へ顔をつけていただけだが、自分の想《おも》いも半七へつたわり、半七の想いもわかったような充実感に、お福が浸っていた。

(これでいい。私は最後まで、旦那の傍《そば》につきそっていよう)

このとき、お福には、はっきりと心が決まったのである。

この夜、お福は久しぶりに、神谷《かみや》弥十郎《やじゅうろう》の夢を見た。

いつものように、弥十郎はお福の裸身を抱いたが、妙に、ものしずかで凝《じっ》としている。お福のほうが上から弥十郎を抱きしめるかたちとなって、烈《はげ》しく弥十郎を愛撫《あいぶ》しているのだが、弥十郎は死人《しびと》のようにうごかなかった。

「旦那なんか、もう嫌《きら》い」

　叫んで、お福が弥十郎の厚い胸板を拳《こぶし》で打ったとき、目がさめた。

　翌朝、いつもより早く起きたお福は、半七のための仕度をすませると、

「旦那さん。今日は、宗哲先生のところへ薬をいただきに行ってまいります」

「そうか。御苦労だな」

　半七とお福は、顔を見合せて、どちらからともなく微笑を浮かべ、

「早く帰っておいでよ」

「はい」

「宗哲先生へ、よろしく申しあげておくれ」

「承知いたしました」

　いつものような会話でいて、今朝は、微妙に心が通い合うような感じがする。

　小川宗哲宅へ行くと、

「お福か。よう来た。ま、こっちへおいで。会わせたい人がいる」

　宗哲が台所口へあらわれて、

「さ、おあがり」

「はい」

宗哲宅には以前からの下女がいて、そのほかに若い医生が住み込んでいるらしい。

宗哲が「会わせたい」といった客は、居間で碁盤《ごばん》を前に坐《すわ》っていた。躰つきの小さな老人である。

小川宗哲は、この来客と碁を打っていたに相違ない。

お福は、それと看《み》たとき、はっとおもった。

（秋山先生ではないのかしらん？）

それは、まさしく、三浦平四郎老人の友人で、辻斬《つじぎ》りに殺されそうになった五平を助けてくれた剣客《けんかく》・秋山小兵衛《こへえ》であった。

次の間へ両手をつかえたお福に気づき、振り向いて見た秋山小兵衛が、

「おお。お前さんは、以前、三浦先生のところにいた……」

「はい。あれきり、おたずねもいたしませんで、申しわけもございません」

「三浦先生も、五平さんも、とんだことだったな」

「はい」

秋山小兵衛は、三浦老人が死んだとき、弔問に来てくれた。その返礼の挨拶《あいさつ》には、まだ生きていた五平が、四谷《よつや》の秋山宅へおもむいたはずであった。

そのとき、秋山小兵衛は五十三歳だったのだから、いまは五十五歳ということになる。むしろ、小兵衛はいまのほうが若く見えた。

「ずいぶん年齢《とし》がちがう女を女房にもらったらしい。二年前のあのことがあって間もなく、鐘《かね》ケ淵《ふち》へ越して来てのう。わしも、よい碁敵《ごがたき》が来てくれて、大よろこびをしているのじゃ」

宗哲が、お福にそういったのは、いつのことであったろうか……。

なつかしい人ではあり、五平の命の恩人ではあるが、本所を去ってからのお福は、忘れるともなく忘れていたのだ。

「お前さんも、いろいろと大変なことだったな」

しげしげと、小兵衛がお福を見て、

「うむ」

大きくうなずき、

「達者にやっているようだな。いい人でも出来たかえ」

冗談をいった。

「ところが小兵衛さん……」

そこへ、宗哲が入って来て、

「お福は、いい人を見つける暇もなく、はたらきづめにはたらいていましてなあ」

「ほう」

「いい男を、ひとつ、見つけてやって下さらぬか」

「ああ、よろしいとも」

簡単に受け合う小兵衛に、あわてて、お福がいった。

「まだ、そんなことは早いのでございます」

「お前さん、いくつになった？」

「二十でございます」

「それなら早くはない。よし、わしも考えてみよう」

すると、宗哲が、

「いまも、お前のことをはなしていたところじゃ」

と、口をそえた。

三

小川宗哲も秋山小兵衛も、本気で、お福のことを心配している。

「なれど……」

と、宗哲が、

「わしは、うっかりして気にもとめなかったが、よくよく考えると、お前の先行き、あの倉田屋に奉公をしているのは、あまり、よいことではないのじゃ」

お福の縁談をととのえる場合、お福が水茶屋や出合茶屋ではたらいていては、はなしがすすめにくい。それは当然であろう。

「どうじゃ、お福。倉田屋の躰《からだ》のぐあいも落ちついたようだし、わしのところへ帰って来たほうがよい。いまとなっては亡《な》き五平も、それをよろこんでくれるとおもうが……」

「そうだ、お福さん。宗哲先生のいうとおりにするがよい」

秋山小兵衛も、口をそえた。

お福の心は決まっていたが、宗哲や小兵衛の真情を無視することはできなかった。

「帰って、よくよく、考えてみますでございます」

「おお、そうしなさい」

「わしから倉田屋にはなしてもよい。このことについては倉田屋も、いろいろと思案をしているようじゃ」

「…………」

黙っているお福を、不審げに秋山小兵衛が見入っていたが、何とおもったか小兵衛は、矢立《やたて》の筆を取って、懐紙をひろげ、何か地図のようなものを描《か》きはじめた。

それは、鐘《かね》ケ淵《ふち》にある小兵衛の隠宅の地図であった。

「さ、見てごらん。これが木母寺《もくぼじ》だ。ここの、ほれ、この道を下へ行くと……」

小兵衛が指で示しながら、

「わかるかね?」

「はい。よくわかります」

「一度、あそびにおいで」

「ありがとう存じます」

お福は、地図をたたみ、押しいただいてから、帯の中に入れた。

「お、そうじゃ。お福の好きな原治《はらじ》の蕎麦《そば》を取ってやろう」

こういって、小川宗哲が廊下へ出て行った。

「これ、お福さん。お前、いま、何か辛《つら》いことはないか? こう申しても、お前は打ちあけまい」

「いま、私は、ほんとうに仕合せなのでございます」

きっぱりというお福を見やって、

「ふうむ……」

唸《うな》り声を洩《も》らした小兵衛が、

「嘘《うそ》ではないらしい」

「はい」

「それならよい。世の大人たちは、女が嫁に行けば仕合せになると決めこんでいるところがあるが、そうしたものでもない。人それぞれじゃ」

するとお福が打てばひびくように、

「はい。私もそうおもいます」

「ほう……」

秋山小兵衛が、びっくりしたように目をみはって、

「その倉田屋という、いまの主人と、お前はよく気が合っているとみえる。そうであろう。ちがうか？」

「ちがいませんでございます」

「なるほど。よくわかった。それでは一つ、約束をしておくれ」

「はい？　何でございましょう？」

「何か困った事が起きたら、どんなことでもよい。この秋山小兵衛のところへ相談に来ておくれ。よいかな」

こういって、小兵衛が右手の小指を突き出し、

「さあ……」

お福へうながした。

たがいに小指の先を曲げて掛け合い、約束のしるしを交そうというのだ。すぐに、お福はこれに応じて小指を出した。

からませた小指を打ち振りつつ、

「よいかな、約束をしたぞ」

「はい」

指をはなし、秋山小兵衛が微笑をした。その微笑に慈愛の念がこもっている。

(ありがたいことだ)

お福は手をつかえ、深く、頭を下げた。

そこへ小川宗哲があらわれ、

「よし、よし。わしとお前も、どうやら、気が合ったようじゃな」

「はい」

やがて〔原治〕の出前で、蕎麦が届いた。

なつかしい柚子《ゆず》切《きり》蕎麦をよばれてから、お福は倉田屋半七の薬を受け取り、宗哲宅を出た。

空は、うららかに晴れわたっている。

梅は散り、桜の蕾《つぼみ》もふくらんできて、間もなく咲きそろうことであろう。

(そうだ。草餅《くさもち》を旦那《だんな》に食べさせよう)

去年、お福がつくった新発田《しばた》風の草餅を、半七がよろこんで食べたのを、おもい出した。

お福が倉田屋へ帰り着いたのは八ツ（午後二時）ごろであったが、

「あれ……？」

お福がおどろいたのは、門の前の道へ倉田屋半七が出ていて、きょろきょろと、あたりを見廻《みまわ》している姿を見たからであった。こんなことは、かつてないことである。

「あっ……」

半七のほうでも、お福を見て、

「遅いじゃあないか、遅いじゃあないか」

泣くような声をあげて、走り寄って来た。

それにしても、おかしい。

これまでに、宗哲宅で蕎麦などをよばれ、帰りが遅れたことは何度もあって、そんなときでも半七が、門の前に立って、お福の帰りを待ちかねているようなことはなかったのだ。

「すみません、遅くなって。あの、お蕎麦を……」

「そ、そんなことはどうでもいい」

と、お福を叱《しか》りつけるようにいった半七の眼《め》が、異様に光っているではないか。

「旦那さん。どうかなすったのですか？」

「お福」

お福の手をつかんだ半七が、

「あいつが、江戸へ帰って来やがった」

「えっ。松永市九郎が？」

「はっきりとはわからないが、見かけた者がいる」

「ほんとうですか？」

お福の眼の色が、さっと変った。

「ま、中へ入ろう、中へ」

手を引いたまま、半七が門の中へ駆け込みつつ、

「あいつが、お前を見つけやしないかとおもって、気が気ではなかった……」

「でも、私を見てもわからないとおもいますけれど」

「いやいや、油断はならない。ああいう男は何処《どこ》で、お前のことを耳にしているか知れたものではない」

お福と共に、住居《すまい》の居間へ入った半七が、水差しの水を一杯のんで、

「やつを見た者は、やつの人相書を前に見ていたのだよ」

「何処の人でございますか？」

「そんなことはどうでもいい」

「はい」

「あ、大きな声をあげてすまなかったな」

「いいえ」

松永市九郎を見かけた男は、帰って来て、あらためて人相書に目を通し、間ちがいないといったそうな。

「お福。すぐに三ツ目の親分へ知らせたほうがいいとおもうが、おれの名を出してはいけない」

「はい」

「だがな、もう少し、おれのほうで探ってからにしたほうがよくはないか？　せめて、松永の居所《いどころ》がわかるまで……」

「はい。そうしていただいたほうがいいと存じます」

「もし、それがほんとうなら、きっと居所がわかるとおもう。私は、すぐに手配りをしておいた」

という半七の口調は、まるで、お上《かみ》の御用にはたらく者のそれであった。

「お福。家《うち》の出入りに気をつけなくてはいけないよ」

「はい」

こたえた、お福を見やった半七が、おもわず息を呑《の》んだ。

お福の顔色は蒼《あお》ざめていたが、両眼が爛々《らんらん》と光っている。

その眼の光りは、これまでに何人もの男を殺《あや》めてきた倉田屋半七をぞっ、とさせたほどの、不気味なものであった。

四

この日、倉田屋半七は店へ出て行かなかった。

そのかわり何度も、富五郎が住居のほうへやって来ては、半七と密談をかわした。

「いいか、富。こうしたときには金を惜しんじゃあならねえ。かまわねえから、いくらでも持って行きな」

とか、

「羽沢《はねざわ》の元締《もとじめ》にも、よくよく念を入れておいてくれ」

とか、聞くともなしに、お福の耳へ半七の声が入ってきた。

(羽沢の元締というのは、いつか、五平さんに聞いた、あの元締のことだろうか?)

死ぬ半年ほど前に、五平が、

「両国には、羽沢の嘉兵衛《かへえ》という香具師《やし》の元締がいて大変な勢いなのだ」

そういったことがある。

表向きは、香具師の元締だが、裏へまわると、江戸の暗黒の世界に睨《にら》みをきかせて、

「人を殺すことなんか、三度の飯を食うようにしてのける」

男なのだそうだ。

「あの元締に睨まれたら、最後だということだ。おれも二、三度、顔を見かけたことがあるけれど、とても、そんな人には見えなかった。腰が低くて、おだやかな顔つきをしていてね」

五平にいわせると、

「なんでも、手下の者が千人を越えるというぜ。あの人がやろうとおもって、できないことは一つもないそうだ」

もし、そうだとすると、

(そんな恐ろしいちからを持った人と、うちの旦那《だんな》さんは、どんな関《かか》わり合いがあるのだろう？)

だが、前後の様子から推してみて、これは、松永市九郎に関係があることのようにおもえる。

夕餉《ゆうげ》のときになって、半七が、

「どうも、間ちがいはないらしい」

「松永……」

「そうだ。私がたのんだ男は、後をつけてくれたらしいが、見失なってしまったらしい。だが、他にも人をたのんで、どうあっても探し出してもらうつもりだよ」

「はい……」

「居所を突きとめないと、五平どんも浮かばれない。そればかりではなく、あの男は、この江戸でどんな悪事をはたらくか、知れたものではない。自分がしていることを悪いと知っているならともかく、気ちがい犬のようなやつには、見境がないからね」

そこへ、富五郎があらわれ、半七へ顔を寄せ、何かささやいた。

「よし。此処《ここ》へ連れて来てくれ」

「ようござんすか?」

富五郎がちらりと、お福を見た。

「かまわねえ。おれの部屋で会おう」

箸《はし》を置き、半七は茶の間から居間へ入って行った。

いったん、店のほうへ引き返して行った富五郎は、すぐに一人の中年男を連れ、居間へ入って行った。

背の低い、何処にでもいるような、目立つところが一つもない男であった。

お福の胸が、さわいできた。

われ知らず茶をいれ、居間へ持って行かずにはいられなかった。

三人の男たちは、ぴたりとはなしをやめ、お福を見た。

お福が茶をくばると、背の低い小男は、ていねいに頭を下げ、

「すぐにおいとまをいたします。もう、かまわねえで下さいまし」

と、いった。抑揚のない、かわいた声であった。

すると倉田屋半七は、お福がいるのもかまわずに、

「で、玉吉《たまきち》さん。羽沢の元締は何といっていなすった?」

「へえ。おれは倉田屋に、むかしの義理がある。できるだけちからになってやるがいいと、元締は、そうおっしゃいましたよ」

「ほんとうかえ?」

「へい」

「そうか、それを聞いて安心をした」

半七の顔が笑いにくずれたのは、羽沢の元締とやらに、よほど気をつかっていたのであろう。

そこで、お福は居間から引き下がった。

玉吉とよばれた男は、間もなく帰って行った。

玉吉を送って行った富五郎が、また戻って来て居間に入った。

「十年前のおれならともかく、いまとなっては、羽沢の元締をたのむより仕方がねえ」

半七の声が、居間の障子へ、ぴったりと身を寄せている、お福の耳へ入った。

二人の密談は、半刻《はんとき》（一時間）もつづいた。

「これを持って行きねえ」

半七が、どうやら金包みを富五郎へわたした気配がする。

富五郎が去った後で、居間から出て来た半七の眼が笑っていた。

「お福。これで大丈夫だ。あいつの居所は、きっと突きとめることができるだろうよ」

お福は黙って、うなずいた。

半七が、うなずき返して、

「あきらめずに、いま来た玉吉という人は、二年前の人相書を持っていてくれたのだよ」

「まあ……」

「それにしても、よく描《か》けている人相書だと、玉吉はそういっていた」

御用聞きの、三ツ目の金五郎が松永市九郎の人相書をつくるとき、五平とお福は呼び出されて、絵師の問うままに、松永の顔の特徴を申し立てた。

絵師が描き終えたとき、五平が、

「そっくりだぁ」

嘆声をあげたものだった。

その絵を手本に、他の絵師もふくめて三名の絵師が二十余枚の人相書を木版刷りでつくり、諸方へ配った。

そのうちの一枚を、たしか五平はもらったはずだから、五平から半七へ、半七から玉吉へわたっていたやも知れぬ。

「お福。前祝いだ。今夜は一本つけておくれ」

「はい」

酒の仕度にかかりつつ、お福が、

「あの、松永を見かけた場所は、何処だったのですか?」

「それはな、さる御大名の下《しも》屋敷の中間部屋だということだ。大名の下屋敷なんてものは、夜になると、たいてい博奕場《ばくちば》になる……」

「どこの御大名ですか?」

「む……ま、そんなことは、こっちにまかせておくがいい」

はなしを打ち切った半七が、

「さ、一杯やろう。お前も口をつけるがいい」

いま、膳《ぜん》が出ている部屋が茶の間で、茶の間をはさんで一方が半七の居間、一方が、お福の寝起きしている部屋である。

夜更《よふ》けて、半七が居間で寝入ったあと、お福は自分の部屋へ入り、虚脱したかのように坐《すわ》り込んでしまった。

今日の午後から夜更けまで、別に忙しく立ちはたらいたわけではないのに、お福の五体は綿のごとく疲れ切っている。

それでいて寝床へ入っても、眼が冴《さ》え切って、なかなか眠れなかった。

黒い蝶《ちょう》

一

眠れぬままに、お福は半身を起した。

そのまま、凝《じっ》とうごかなくなった。

有明行灯《ありあけあんどん》の淡い灯影《ほかげ》に浮かんだ、お福は、いつまでもうごかぬ。

その眼《め》は、空間の一点を見つめたままであった。

しばらくして、お福は立ちあがった。

押入れの中から、葛籠《つづら》を出し、腕を差し入れ、底に仕舞い込んであった革製の包みを出した。

革包みの中身は、三浦平四郎からもらった十本の手裏剣《しゅりけん》と、かの〔蹄《ひづめ》〕が入っている。

手裏剣の一本を取りあげ、右の手首をゆっくりとうごかし、お福は重さをはかって

いるようであったが、

「む!!」

低い唸《うな》り声を発し、颯《さつ》と右手を大きく振った。

手裏剣を飛ばしたわけではない。お福は、この家へ来てから手裏剣の稽古《けいこ》を一度もしたことがないのだ。

第一に、する暇がないほど、お福の日常は忙しい。

第二に、稽古をする場所がない。近くの上野山内に行けば、いくらも人が来ない場所を見つけることができるだろうが、それには主人の半七の許可を得なくてはならぬ。

この家の庭でも稽古はできるが、半七に内密でというわけにはいかない。

(いっそ、私のおもいを打ちあけてしまおうかしらん)

おもったことも、何度かある。

松永市九郎が、江戸から消えたらしいと聞いたとき、お福は自分の初一念を放棄せざるを得なかった。

しかし、いま、松永が江戸へ再びあらわれたと知り、お福は初一念を忘れていないことに、あらためて気づいたのである。

その初一念とは何か……。

(ぜひとも、私の手で、三人の仇討《あだう》ちをしたい)

このことであった。

三人とは、五平に三浦老人、それに神谷《かみや》弥十郎《やじゅうろう》である。

かつて、五平がいったように、松永が町奉行所に捕えられるとすると、処刑はまぬがれない。そのかわり、お福の手によって、三人の怨《うら》みをはらすことはできない。お福のような女が、侍同様の敵討《かたきう》ちをするなどとは、狂気の沙汰《さた》といってよい。

だが、それを決行しなくては、

(私の胸の内がおさまらない)

のである。

理屈も何もない。

この四年間に、お福は、そうした女になっていたのだ。

ひとつには、亡《な》き三浦平四郎によって、根岸流の手裏剣術をつたえられたことが、お福をこうした女にしたと、いえないものでもない。

(私が投げた手裏剣は、必ず、松永にあたる)

と、信じてうたがわない。

だが、手裏剣の一つや二つで、松永を殪《たお》すことができるだろうか……。

三浦老人が生きていたなら、おそらく、

「やめるがよい」

即座に、とめるにちがいない。

この二年間、手裏剣を手にしなくとも、お福は自分なりの稽古を絶えずつづけてきた。たとえば柱の一カ所を的に見立てると、わが眼と左の腰を、その的へ向け、手裏剣を投げたつもりになる。この稽古の仕方は、三浦老人に教えられた。

「お福。どうしてお前は、そんな眼つきをするのだ？」

いまでも、ときには、倉田屋半七が、

「怖いなあ、お前の眼つきは。そんな眼で物を見るものじゃあない」

よくいうことがある。

「江戸というところへは、諸国から、人が群れ集まって来る。それに、土地が、途方もなくひろくて、いろいろな場所がある。身を隠すには、何よりのところだ」

五平は、

「おれが松永だったら、きっと江戸をはなれないだろうよ」

かつて、そういっていたものだ。

その言葉が、お福の耳にこびりついてはなれなかった。

地方の村や町だと、新しく入り込んで来た人間は、

（すぐに、目につく）

のである。

お福は、手裏剣を押しいただき、両眼を閉じ、何かぶつぶつと声にならないことをつぶやいてから革で包み、葛籠の中へ入れた。

それから、また葛籠をさぐり、鬱金《うこん》の布で包んだ物を出し、包みをひらいた。中には、短刀が一振り。これは平常、大小の刀を腰にしたことがない三浦老人が所有していた短刀で、お福はこれだけを密《ひそ》かに自分の葛籠へ隠してきたのである。

短刀をしずかに引き抜き、お福は目を凝らした。手入れをしていないので、少し錆《さび》が出てきたようだが、青白い刀身の光りは、お福の目を吸い込むように、何事かを語りかけてくる。

松永市九郎は、神谷弥十郎と三浦老人を殺害した男である。五平は別として、剣術の腕前は相当なものにちがいない。だが、神谷には弓矢をつかい、三浦老人は素手《すで》であった。

(何という、卑怯《ひきょう》なやつだろう)

お福は、松永を少しも怖いとおもわぬ。

恐怖よりも、松永に対しての憎悪《ぞうお》のほうが層倍に強烈であった。

これも、女の本性《さが》が、お福に作用しているのかも知れなかった。

しばらくして、お福は寝床へ身を横たえたが、やはり、眠れない。

部屋の中が少しずつ、明るみをたたえてきて、庭の木立で小鳥の鳴くのが聞こえはじめた。

（もう、夜明けだ……）

お福が、ようやく、眠りにひき込まれたとき、異変が起った。

二

もしも、お福が、ぐっすりと寝入ってしまっていたら、その物音に気づかなかったであろう。

高い物音ではない。ごく低い物音であったが、何か異常なものを感じさせる音であった。

物音は、半七の居間のほうから聞こえた。

何か、物の倒れたような音である。

ついで、微《かす》かに唸《うな》り声というか、呻《うめ》き声のようなものが、お福の耳へ入った。

お福は、蒲団《ふとん》をはねのけ、部屋を飛び出した。

「旦那《だんな》さん……」

居間の襖《ふすま》を開け、お福は立ち竦《すく》んだ。

倉田屋半七が、寝床から身を乗り出すようにして、俯《うつぶ》せに倒れていた。

「旦那、旦那さん」

驚愕《きようがく》して呼びかけつつ、先《ま》ず半七の躰《からだ》を仰向けにすると、

「う、うう……」

半七は半眼《はんがん》となって、お福を見たようである。

「し、しっかりして下さい、旦那……」

もう半七は、唸り声もたてなかった。

お福が、細い半七の半身を抱きかかえるようにしてやると、半七は、左腕を伸ばし、
お福の寝間着の襟元《えりもと》をつかんだ。

そして、何かいいたげに口をうごかしたけれども言葉にならない。

「旦那。何か、いいたいことがあるのですか？」

お福は声を張りあげた。

「う、う……」

がっくりと、半七の顔が、お福の胸の中へ埋まった。息が絶えたのである。

心ノ臓の発作が起ったのだ。

こうした急変が、

「いつかは、来るやも知れぬ」

小川宗哲は、そういっていた。

お福は、半七を寝床へ横たえ、しばらくの間、その死顔に見入っていた。

半七の死顔も、五平と同じように、おだやかなものになって行った。

立ちあがったお福は、わたり廊下へ出た。

この廊下をわたりきった右側の小部屋に富五郎が寝起きしている。店へは出ないお福だが、富五郎の部屋へは、ときどき半七に、

「ちょっと、富を呼んでおくれ」

そういわれて、夜更《よふ》けてから呼びに行くこともめずらしくない。

あたりが、朝の光りにみたされてきはじめた。

「もし、富五郎さん。起きていますか？」

部屋の前で、声をかけると、

「だれだ？」

「お福です。旦那さんがいま……」

いいかけると、部屋の板戸が内側から引き開けられ、

「旦那が、どうなすった？」

「お亡《な》くなりに……」

「げえっ」

飛び出して来た富五郎が、半七の居間へ駆け入った。

お福は自分の部屋へ入り、着換えにかかった。手がふるえている。

居間で、号泣の声が起った。富五郎だ。いつもの富五郎は泣きも笑いもせぬ男だが、
いまは、あたりかまわぬ泣き声をあげている。

富五郎の泣き声が熄《や》んでから、お福は茶の間へ出て行った。

居間から出て来た富五郎の蒼白《そうはく》な顔が泪《なみだ》に濡《ぬ》れつくしている。

「富五郎さん」

「前にも、こんなことがあった」

「まあ」

「そのときは、近くの医者が駆けつけて来て、どうにか癒《なお》ったのだがね」

「私が駆けつけて、すぐに……」

「うむ。何か、いっていなさらなかったか？」

「それが、何も……」

「そうか」

富五郎は嘆息して、

「こうなったときのことは、旦那も考えていなすったらしく、おれにも何かといいのこしておいでなすったよ」

「そうですか」

「ごらんよ、この顔を……まるで、ほとけさまだ。死になさる前の二年を、お福さんが来てくれたので、旦那は、ほんとうに仕合せだといってなすったっけ」

「ほんとうに？」

「嘘《うそ》はいわねえ。それに、こうして、畳の上で息をひきとりなすったのだものなあ」

はなしている富五郎は、いつもの富五郎と別人のようであった。

「富五郎さん」

「うむ？」

「あの、知らせるところは？」

「ない」

「だって……」

「たとえ、あったとしても、知らせてはならねえと、かねてから旦那は、そういっていなすった」

「………」

「ま、今夜は内々《うちうち》の者だけで、お通夜《つや》をしよう。お福さん、仕度はできるかえ？」

「できます」

「よし。おれは坊さんを呼んで来よう。うちの旦那はね、もう自分の墓を建ててあるのだぜ」

声をつまらせながら、富五郎がいった。

三

倉田屋半七の墓は、下谷《したや》・茅町《かやちよう》の教證寺《きようしようじ》にあった。此処《ここ》へ自分の墓を設け、半七は寺に永代供養《えいだいくよう》の金をはらっておいたというから手まわしのよいことではある。

教證寺は、不忍池《しのばずのいけ》の西南の畔《ほとり》にあり、〔倉田屋〕からも近かった。

通夜《つや》には、教證寺の和尚《おしよう》が二人の僧をしたがえて来て、経をよんでくれた。

通夜には、店の女たちもあらわれた。その大半の顔を、お福は見たことがない。女中たちもまた、はなしには聞いていても、お福を見るのは初めてという女が多かった。女たちは、みな、眼を泣き腫《は》らしている。

男の奉公人も三、四人ほどいて、この連中は、住居《すまい》のほうへも顔を見せるので、お福は知っていた。

教證寺の和尚が帰っても、男女の奉公人はうごこうともしない。

「お福さん。ちょっと……」

富五郎がささやいて先に立ち、お福の部屋へ入って行った。

「富五郎さん。何か……?」

「ま、坐《すわ》って下さい」

　富五郎の口調があらたまって、

「このはなしは、早いほうがいいとおもってね」

「どんなことでしょう」

「例の、松永なんとやらいう浪人の一件だが、おれは旦那《だんな》に、もしものことがあって
も、おれがしたように探りつづけてくれと、いいつかっているのだ。それでようござ
んすね？」

「はい。たのみます」

「わかりました」

　うなずいた富五郎が、袱紗《ふくさ》包みを出し、

「これに、五十両入っています。そのほかにね、旦那は小川宗哲先生のところに、百
両もの金を、お前さんの先行きを考えて、あずけてあるそうですよ」

「ええっ」

「知らなかった？」

「ちっとも」

「旦那という人は、そんな人なんだ。さ、この金を受け取って下せえ」

「でも、これは、私よりも富五郎さんに……」

「何、私のことには少しも心配はいりませんよ。それに、もう一つ、大事なはなしがある」

「はい？」

「この店のことですがね。旦那はね、生前、お前さんにその気があるなら、倉田屋をゆずってもいい。おれに万一のことがあったとき、倉田屋があれば、お福も一生、食うには困らねえだろうって、そういってなさいましたよ」

「まあ……」

「この夏ごろから、店のほうへ出てもらって、商売を教えるつもりだったらしい」

はじめて、耳にすることであった。

「だが、一つには、お前さんを堅気《かたぎ》の人と夫婦にしなくてはいけないとおもい、旦那もあれこれと思案をしていなすったようだが、ともかくも、旦那がそうおもっていたことだけは、お前さんに……」

「ですが富五郎さん。この倉田屋は、お前さんが引きつぐのがほんとじゃありませんか。そうですよ。そのほうが、旦那だって、きっとよろこびなさる」

「やる気があれば、お福にやってやれないことはないと……」

「いいえ、とても……」

「もし、その気がおあんなさるなら、私がお手伝いしてもようござんすよ。旦那も、それを望んでいたのだから……」

「……」

「ま、このはなしは、ゆっくりと考えてからのことでようござんす。さて、ひとつ、みんなに酒を出しましょうかね」

「あ……」

「旦那のお通夜だ。ひとつ、にぎやかにやりましょう。そのほうが、旦那もよろこびなさる。ね……」

「ええ。そうですね」

すでに、仕出しの料理が運ばれて来ている。

お福は、台所へ立った。

「お道、お里、それから、あと二、三人、こっちへ来て、お福さんを手伝ってあげろ」

呼ばれた女中たちが、台所へ入って来た。

この女たちが語り合っているのを、お福は聞くともなしに聞いた。

いずれも、倉田屋が、このまま店を閉ざしてしまうのではないかと、それを心配している。

「このごろの旦那はすっかり欲がなくなっちまって、この店の奉公人には、そりゃあもう、呆《あき》れるほどによくしておやんなさる。ここの女たちはみんな、それぞれに苦しい事情《わけ》があるから、みんな、旦那をたよりにしている」

と、いった富五郎の言葉は、ほんとうだということがよくわかった。

四

倉田屋半七の葬式は、ひそやかに執りおこなわれた。町医者・小川宗哲は、お福が知らせたので、来てくれた。

「こういっては何だが、いままで、よく生きて来られたものじゃ」

こういって、宗哲は、半七からあずけられていた百両の大金を、お福にわたした。

この金のことは、通夜《つや》のときに、富五郎から耳にしていたが、何をおもったのか、お福は、この金を遠慮をせずに受けて、押しいただいた。

このときすでに、お福の胸の底には、ある決意が、かたまりかけていたのであろう。

宗哲に、

「これから、どうするつもりじゃ?」

問われたとき、お福は、

「あまりに急なことだったので、まだ、よく考えておりません」

「わしのところへ、いつ、帰って来てもよいのだよ」

「ありがとう存じます」

頭を下げたとき、われ知らず、はじめて泪《なみだ》がふきこぼれてきた。神谷弥十郎《かみややじゅうろう》は別としても、三浦老人、五平、倉田屋半七と、お福が関《かか》わり合った人たちが、つぎつぎに死亡して行くのは、どうしたわけなのだろう。年齢《とし》からいえば、若いお福を残して先へ死ぬのは当然かも知れないが、神谷弥十郎、三浦老人、五平の三人は、松永市九郎の兇刃《きょうじん》に殺害されたのだ。

これとても、お福のことが原因なのではない。

しかし、

(もう、何処《どこ》かへ奉公するのは、やめにしよう)

お福は、そうおもった。

ことに、倉田屋半七とは、あの夜、心と心が通い合ったようにおもう。半七の瘦《や》せた背中を抱きしめていたとき、もしも半七の腕が差しのべられたなら、お福は肌身《はだみ》をゆるしていたろう。そのとき、半七は凝《じっ》として、うごかなかったけれども、日が経《た》つうちに、

(どうなったか、わからない……)

のである。

もはや、半七には男のちからが失なわれているのだろうが、そんなことは、お福にとってどうでもいいことであった。

ただ、五十も年上の半七に対して、これまでとはちがう愛情が育ったやも知れない、と、いまにして、お福はそうおもう。

葬式がすんだ翌日の朝、お福は富五郎に来てもらって、

「富五郎さん。私はもう、他へ奉公をする気がなくなりました」

「というと？」

「旦那《だんな》は、この倉田屋の店を、私にまかせてもいい。たしかに、そういったのですね」

「間ちがいはありませんよ」

「では、私が、そのつもりになったら、お前さんは、いつまでも此処《ここ》にいて私を助けておくんなさいますかえ？」

そういったときの、お福は別人のようであった。声にも重味が加わり、口もとがしっかりと引き結ばれ、眼《め》に光りが加わってきて、富五郎は、ちょっと気圧《けお》される感じがした。

「おっしゃるまでもありません」

おのずと富五郎の口調も変って、

「此処へ置いて下さるなら、こんな、ありがたいことはございません」

「私も、いろいろと、お前さんに教えてもらわなくてはなりません。では、よろしくお願いしますよ」

「こんな、ろくでもない身性《みじよう》の私を……」

「そんなことはどうでもよござんす。お前さんは長年、亡《な》くなった旦那を助けてきておくんなすったのだから……私は、それだけで、じゅうぶんなのです。前にあったことをいえば切りがありません。私にだって、だれにもいえないことがありますからね」

この言葉が、何故《なぜ》か身にこたえたらしく、富五郎は泪ぐんだ。

お福は、通夜のときに、富五郎から受け取った五十両の金と、小川宗哲から受け取った百両の金包みを出し、富五郎の前へ置いた。

「富五郎さん。この百五十両は、お前さんにあずけておきます」

「えっ……?」

「お店のやりくりに使って下さい。旦那は、店のほうも何かとやりくりに苦労をするって、そういってなさいました」

「へえ……実のところ、楽に商売をしているのではありませんが、でも、この金は、おかみさんのところへ置いておいて下さい。そのかわり、困ったときは遠慮なしに、相談いたしますよ」

富五郎の口から、自然に「おかみさん」の言葉が出た。そうよばれて、お福も平然としているのである。

自分で意識せぬままに、お福のどこかが変った。変りつつあった。

「富五郎さん。今日から私、お店のほうへ出ます。たのみますよ」

「よろしゅうございます」

富五郎は新しい女主人を得て、元気が出てきたらしい。

「それじゃあ、みんなをあつめておきます」

そういった声にも、ちからがこもっていた。

五

その日。

お福は初めて、店の帳場へ坐《すわ》った。

不安げにあつまった奉公人に、富五郎が、

「旦那《だんな》が亡《な》くなったので、お前さん方も、さぞ心配をしていたろうが、お福さんが店を引き継いでおくんなさる。また、私も、いままで通り、一所懸命に、おかみさんを助けてはたらくつもりだから、どうか安心をしてもらいたい」

と、いった。

何ともいえぬどよめきが奉公人たちから起った。みんな、生き返ったような顔つきになっている。

(旦那。これで、よかったのでしょうか?　どうやら、みんな、お店をつづけて行くことを、よろこんでくれているようですから、ともかくも、やってみます。よござんすね?)

胸の内で、半七によびかけながら、お福は、

「よろしく、たのみますよ」

短くいって、頭を軽く下げたが、あとで奉公人たちは、

「どうだい、大した貫禄《かんろく》じゃあないか」

「お福さんっていう人を、はじめて見たけれど、あの人なら大丈夫だよ」

「ともあれ、このお店をやって行けることになって、ほんとうによかった」

口ぐちにいって、よろこんでいたそうな。

この日、お福は富五郎から帳簿の説明を受けた。

倉田屋は、水茶屋と出合《であい》茶屋が一つになっているようだが、店へ出てみると、出入口もちがうし、客筋もちがっており、店の帳場から水茶屋の様子は、まったく見えな

いようになっている。

水茶屋のほうは、立派な釜《かま》を中心に、緋《ひ》毛氈《もうせん》をかけた縁台がならび、畳を敷いた八畳の間があり、正面には不忍池《しのばずのいけ》がひろがり、上品な造りだ。ここには、美しく若い女たちが詰めていて、客の相手をし、客がさそえば外出《そとで》もできる。しかし、ついでに同じ店の出合茶屋を利用することは、

「させないというのが、旦那のやり方です」

と、富五郎がいった。

「わかりました。それから、富五郎さん」

「へ……?」

「住居のほうへ来るのは、やはり、いままで通り、お前さんだけにしたほうがいいとおもいます」

「承知しました」

店には、お巾《きん》とお沢《さわ》という二人の中年女がいて、奉公人を取りしきっている。

いずれにしても、お福は、はじめて異質の商売をしている店の女主人《あるじ》となったわけだが、かといって緊張をしているわけではなく、外見《そとみ》にも、ごく自然に、この店の帳場へ坐ったのであった。

あとで富五郎が、お沢に、

「あの人は、おれたちがおもってもみない苦労を、してきなすったにちがいない」

と、いったそうだ。

夜に入って、住居のほうへもどったお福は、遅い夕餉《ゆうげ》をすませてから、葛籠《つづら》を引き出し、革で包んだ手裏剣《しゅりけん》を取り出した。

そして、すぐに眠った。

翌朝、お福が寝床から起き出したのは、七ツ（午前四時）少し前であったろう。

夜は、まだ明けきっていない。

するどい冷気に、お福は身ぶるいをした。

十本の手裏剣を持ち、しずかに雨戸を一枚だけ開け、裏庭へ出る。かねてから、目をつけておいた裏庭の塀《へい》の前へ立ち、お福は腰を落した。塀の向うは不忍池の畔《ほとり》の雑木林で、空に星が光っていた。

それでも、さすがに春だ。塀を見つめているうちに、暁の闇《やみ》にも目が慣れ、少しずつ、闇に光りが加わってくる。

「む……」

低い唸《うな》り声と共に、お福の手の内から光芒《こうぼう》が疾《はし》った。

手裏剣は塀に突き立ったけれども、お福がねらいをつけた箇所からは外れた。

つづいて二本、三本と投げ打ったが、いずれも的を外れた。

十本、投げ終えて、ためいきが出た。

十本とも、的に当っていない。

お福は部屋へもどり、半紙を四つ切《よぎり》にして、米粒をつけ、庭へもどった。

その半紙を、塀に貼《は》りつける。今度は的がはっきりと見えた。

また、十本投げた。これも当らない。

お福の総身《そうみ》が汗ばんでくる。呼吸が荒くなってきた。

呼吸をととのえ、落ちた手裏剣を拾い、腰を的に向ける。

投げた。この一本は空間を疾って、的に吸い込まれた。

また投げ打つ。外れた。

三本目を投げる。外れた。

四本目は、的に命中する。

三度目の十本を投げ終えたとき、お福の髪から汗がしたたり落ち、顔も躰《からだ》も汗まみれとなっていた。朝の光りが裏庭にみちてきて、小鳥が鳴きはじめた。

六

お福の、早朝の稽古《けいこ》は、だれにもわからなかった。住居《すまい》のほうは、お福が一手《いって》に取りしきってきたのだから、ことに裏庭へ入って来るような奉公人は、一人もいなかった。

五日、六日とたつうちに、店のことものみこめてきたが、何といっても手裏剣のほうは、二年間の空白があるので、なかなかに自信がつかない。

二年前に稽古をしたときは、迷うこともなしに投げ打ち、それが的へ当ったものだが、いまは、腰の位置、躰《からだ》の位置が、少しちがっただけで、的へ当らなくなってしまう。

羽沢《はねざわ》の嘉兵衛《かへえ》の配下・玉吉が、この間《かん》に、二度ほど顔を見せた。

「おかみさんも、玉吉に会ってごらんになりますか？」

富五郎はそういったが、お福は即座に、

「いや、私は会わないほうがいい」

「承知しました」

「お金を惜しんではいけませんよ」

「へい。旦那《だんな》がなすったようにしています。ともかくも、もう少しで、松永の居所がわかるだろうとおもいます」

玉吉は何人か使って、諸方に見張りをおいているというので、お福は二十両ほど持たせてやった。

松永は、何処かの大名の下屋敷へ、博奕《ばくち》をしにあらわれるという。それが、このところ顔を見せなくなったので、玉吉はあせっているらしい。

それが何という大名の屋敷なのか、富五郎も知らないのである。心細いはなしだが、死んだ半七は、

「何、玉吉にまかせておけばいい。なまじ、おれたちが手を出すと、かえっていけねえ。勘づかれては何も彼《か》もおしまいだからな」

と、いっていたそうだ。お福は何事も半七のするようにしてくれと富五郎にいった。

桜花《はな》も散りはじめた。日毎《ひごと》に日足《ひあし》がのび、暖かくなってきた。店のほうも、目に見えて忙しくなってくるのがわかる。

その日の朝。

お福は躰で、
三度目の十本のうち、七本が的へ命中した。

(これだ！)

と、感じたものを忘れまいとして、さらに四度目の十本を投げ打つと八本が命中したではないか。

同じ日の夜更《よふ》けに、お福は台所の砥石《といし》で手裏剣の尖端《せんたん》を研いでみた。その効果は翌朝の稽古にはっきりとあらわれた。

この朝も稽古の結果はよく、さらに自信がついてきた。

これならば、たとえ一本でも、手裏剣を松永市九郎の躰のどこかへ当てることができるだろう。

（そうしたら、私は松永に殺されてもいい。何としても、この手で、三人の怨《うら》みをはらしたい）

松永の居所がわかったとき、これを、お上《かみ》へ告げて、松永を捕えてもらうのは、わけもないが、そのかわり処刑もお上の手によっておこなわれることになる。それでは、

（私の胸の内がおさまらない……）

のであった。

松永をねらうとき、お福は先《ま》ず、松永市九郎の眼に手裏剣を投げ打つつもりであった。

これが失敗したら、松永に斬《き》られてしまう。

もしも、松永の眼のどちらかに手裏剣が突き刺さったときは、できることなら、三浦老人の短刀でとどめを刺したい。しかし、それは、

（むりだろう）

と、お福はおもった。

眼をやられても、あの松永なら屈せずに飛びかかって来るにちがいない。

(でもいい。たとえ一本でも、あいつに当れば、殺されたってかまわない)

お福は、覚悟していた。自分の決意が、このように煮つまってきたことが、当然だと考えている。

お福は、十本の手裏剣を投げ打つつもりではなく、最初の一本にすべてを賭《か》けるつもりでいた。そのつもりで、そのように稽古をつづけているのだ。

風が光ってきた。

もうすぐに、夏が来る。

その日、お福はおもいたち、昼すぎになって外へ出た。

店の帳場へ坐《すわ》るようになってから、お福の着る物もちがってきた。髪のかたちも変ったし、薄化粧をするようになった。

この日も、近くの池《いけ》ノ端仲町《はたなかちょう》の呉服屋〔白木屋《しろきや》〕へ行き、夏に着る物をあつらえようとおもったのだ。

(いつ、松永の居所《いどころ》が知れるか、そうなったら、ここの帳場に坐ることもない)

そうおもうのだが、いったん、この商売へ足を踏み入れると、われ知らず、お福は着物に気をつかうようになった。

(どうせ、近いうちに、あの世へ行くのだから……)

それを忘れたわけではないが、いままで身につけていた物では倉田屋の女主人《あるじ》として、ふさわしくない。

「おかみさんは、見ちがえるようになったねえ」

「もともと顔だちがいい人なんだから、少しかまうようになると、別の女を見るようだ」

「死んだ旦那が、いまのおかみさんを見たら、何といいなさるだろう?」

「捨ててはおかないよ、きっと……」

女中たちが、陰でうわさをしている。

呉服屋の白木屋は、店構えはさほどでないが、高級品ばかりをあつかう店で知られている。死んだ半七も、この店をひいきにしていたから、お福もよく知っている。

「富五郎さん。では、ちょっと出て来ますから、あとをたのみますよ」

「はい。お気をつけなすって」

店を出たとき、お福は、まさかこの日に、自分の目で、松永市九郎を見出《みいだ》そうとはおもってもみなかった。

七

その日は、春もさかりの、晴れわたった日和《ひより》であったから、上野山内の、遅咲きの桜を見に来る人が多い。

池畔の道を南へ歩む、お福の眼の前に、黒蝶《こくちょう》が二羽はらはらとたゆたっている。

そのとき、右側の〔蓬莱屋《ほうらいや》〕という料理屋の横手から、三人の浪人者が道へあらわれた。

彼らは、不忍池《しのばずのいけ》のほうから出て来たわけだが、その中の一人の横顔を見て、

(あっ……)

お福は愕然《がくぜん》として、立ち竦《すく》んだ。

その一人が、松永市九郎だったのである。

松永は顔を隠してもいず、笠《かさ》もかぶっていなかった。

連れの、二人の浪人と何やら笑いつつ、早くも道を突っ切り、上野の黒門口《くろもんぐち》へ向って行くではないか。

富五郎に知らせて、手を借りる余裕はなかった。

お福の全身へ、血がのぼった。

いまのお福は、手裏剣も持ってはいない。

一瞬、立ち竦んだお福の眼《め》の前に、黒蝶がまだ、たゆたっていた。

それを片手で打ちはらうようにして、お福は無我夢中で、三人の浪人者の後を追った。

この機会を逃してはならない。何としても松永の居所を突きとめなくてはと、お福は咄嗟《とっさ》に心が決まった。

三人は黒門口を突っ切り、上野山下の雑沓《ざっとう》へまぎれ込もうとしている。

冷めたい汗が、お福の総身へふき出してきた。

松永市九郎は総髪《そうがみ》をきれいに結いあげ、袴《はかま》をつけている。身なりもりゅうとしたものであった。

連れの二人は着ながし姿だが、これも見すぼらしい浪人者にはおもえなかった。

上野山下の五条天神社の門前に、〔湊屋《みなとや》〕という蕎麦《そば》屋がある。よい酒をのませるというので評判の店だ。三人の浪人者は、この湊屋へ入って行った。つづいて、お福も入った。

店の中は、石畳の通路を中心に、両側が入れ込みの大座敷で、半分ほど、客が入っている。

浪人三名は通路左側の一隅《いちぐう》へ坐《すわ》り込み、酒を注文した。

お福は右側の入れ込みへあがり、木の衝立《ついたて》の陰へ身を寄せて坐った。衝立と柱の隙《すき》間《ま》から、三人の様子が手に取るようにわかる。

(これから、酒をのむのだから、すぐには出て行くまい)

そうおもったので、お福は注文を聞きに来た小女《こおんな》へ、

「お酒をたのみます」

と、いった。

髪のかたち、身につけているもの、すべて倉田屋の女主人《あるじ》になりきっているお福だけに、とても二十《はたち》の女とはおもえず、五つ六つは年上に見えた。

松永たちは、酒をのみはじめた。

何をはなしているのか、その声は、お福の耳へ届かなかった。

酒が来た。猪口《ちょく》へ注《つ》いでのみほし、あとは注がぬままに、お福は衝立の陰から通路の向うの三人へ目を凝らした。このときの自分が、どのような顔つきになっているか、それをお福は意識していない。

お福の耳へは入らぬが、三人の声を、ちょっと聞いてみようか。

「松永さん。もう大丈夫だとおもう。今夜は一つ、立花屋敷へ行きましょう」

浪人の一人がいうと、松永市九郎が、

「いや、まだ、どうも気になるのだ。江戸へもどって間もなく、立花屋敷の中間《ちゅうげん》部屋の博奕《ばくち》で大勝ちをした夜だがな、どうも……わしの後をつけて来る者がいた、ような気がする」

「そりゃ気の所為《せい》だ」

と、別の浪人者。

「そうかも知れぬ。だがな、わしは、ちょいと、この江戸では危ないのだ」

「どうしてです？」

「万事に気をつけぬとな。といって、こう暖かくなると笠をかぶったり、頭巾《ずきん》をしたりするのが、面倒になる。……しかし、江戸は、やはりよいなあ。いったん、江戸で暮した味をおぼえると、もうだめだ。江戸というところはな、情《じょう》の濃い女のようなもので、どうしても忘れきれぬわ」

こういって、松永市九郎は笑い出した。その笑い声だけは、お福の耳へ入った。

さいわい、まわりには客がいなかったので、お福の血相が変っていることに、気づいた者はいなかった。

松永たち三人へも、客が近づかない。いかに身なりがよくても、浪人者三人が酒をのんでいるところへは、坐る場所がいくらもあるのに、町人の客が近づかぬのは当然であった。

(松永たちは、いつまで此処《ここ》にいるつもりなのだろう？)

いずれにしても、自分ひとりでは尾行をするのにも危険だとおもう。

(この店で、筆と紙を借り、この店のひとに持って行ってもらい、富五郎さんに来てもらおうか？)

居所だ。居所さえ突きとめれば、仇討《あだう》ちは後のことだから、手裏剣は、いま、必要ではない。

お福が小女を呼ぼうとしたとき、浪人者の一人が、

「おい、おい」

小女を呼び、蕎麦を注文した。

蕎麦を食べてから、出て行くつもりらしい。

「あの……」

その小女に声をかけようとして腰を浮かせた、お福の肩先をそっと手で押えた者がいる。

お福は、ぎょっと振り向いた。

谷中《やなか》・蛍沢《ほたるざわ》

一

振り向いた、お福の目の前に、秋山小兵衛《こへえ》の顔があった。

「あ……」

何かいいかけるお福へ、小兵衛が指を口に当てて見せた。そして、

「しずかに……」

低い声でいった。

「よいか。落ちつけよ」

「は、はい」

「そんな、恐ろしい顔をして、何を見ていた?」

「あの……」

「向うの、三人連れの浪人を見ていたようだな?」

「…………」

この日、秋山小兵衛は、所用あって神田《かんだ》・松永町へ出かけた。その帰りに軽く腹ごしらえをしようとおもい、〔湊屋《みなとや》〕へ入って来たのである。入って、すぐに小兵衛はお福に気づいた。

衝立《ついたて》の陰にぴたりと身を寄せ、通路の向うに視線を向けているお福の様子は、小兵衛から見ると、

(徒事《ただごと》ではなかった……)

のである。

何事か、はっきりとはわからなかったけれども、秋山小兵衛のような名人の目をあざむくことはできない。お福は落ちついているようでも、そこは、まだ二十《はたち》の女であった。

小兵衛は注文をとりに来た女へ、淡雪蕎麦《あわゆきそば》というのをいいつけ、尚《なお》も、お福へ顔を寄せて、

「あの三人の浪人の中に、もしやして、三浦先生を殺《あや》めた男がいるのではないか?」

「…………」

「安心するがよい。何か困った事があったら、いつでも相談に来ると指切りをして誓ったお前ではないか。これ、向うを見るな。わしがそれとなく見張っていてやるから

大丈夫だ。わしと世間ばなしでもしているようにしろ。それでないと怪しまれる」

と、小兵衛がささやく。

小兵衛は、かなりくわしく、小川宗哲《そうてつ》から事情を聞いているらしい。

「あの中の一人が、松永市九郎なのだな？　そうだな、どうじゃ」

もう隠し切れなくなったお福が、うなずいて見せる。すると小兵衛は、

「よし、よし。わしが、お前の気のすむようにはからってやる。それで、松永は、どの男だ？」

「あの、袴《はかま》をはいているのが……」

「よし、わかった」

松永たちへ、蕎麦が運ばれてきた。

彼ら三人よりも遅く運ばれてきた淡雪蕎麦を、小兵衛は手早く啜《すす》りながら、何やら考え込んでいるようだったが、

「先へ出よう」

こういって、立ちあがった。こうなれば、小兵衛に従うよりほかはない。

お福は、小兵衛の後から外へ出た。

少しはなれた五条天神の門前へ来て、

「ともかくも、松永の居所《いどころ》をたしかめておかねばならぬな」

「はい」

「どうじゃ、わしにまかせるか？」

「お願い申しあげます」

「居所を突きとめてから、どうするつもりじゃ？」

「………」

「どうする？」

「は……」

お福は、意を決した。この人の前では何事も見抜かれてしまう。隠していることはできない。

「うらみを……」

「何じゃと？」

「うらみを、私の手で、はらしたいのでございます」

押し殺した声で、お福は一気にいった。

その顔に、小兵衛がまじまじと見入ったとき、松永たち三人が湊屋から出て来た。

「お福。倉田屋へ帰り、わしが行くのを待て」

小兵衛は、門前の茶店から菅笠《すげがさ》を急いで買いもとめた。

松永たちは、上野山下から車坂《くるまざか》の方へ歩いて行く。すぐに、小兵衛が尾行を開始した。

四人の姿が、山下の雑沓《ざっとう》に消えてしまってからも、お福は、その場に立ちつくしてうごかなかった。

何も彼《か》も知っての上で、秋山小兵衛は、すべてを引き受けてくれたようにおもえるが、

(これで、よかったのだろうか?)

激しくなる動悸《どうき》を、お福は持てあました。

(もっと落ちつかなくてはいけない。落ちついて、落ちついて……)

自分で自分にいい聞かせながら、お福は身を返した。

店へ帰って、帳場へ坐ったお福は、女中に、

「水を持って来ておくれ」

「あれ、おかみさん、顔色が悪いようですよ」

「大丈夫だよ。早く水を……」

喉《のど》がからからに乾いている。茶わんの水を少しずつ、ゆっくりとのみほすと、いくらか、落ちついてきた。

(秋山先生に、何事も、おまかせしておけばよい)

秋山小兵衛は亡《な》き三浦老人の親友であり、五平の命を辻斬《つじぎ》りの兇刃《きょうじん》から救ってくれ

た人だ。考えてみれば、なまじ自分が尾行をするよりも、どんなに心強いか知れない。

富五郎が近寄って来て、

「おかみさん。どこかぐあいが悪いと聞きましたが……」

「いえ、何でもありませんよ」

茶わんの水をのみほして、お福は笑って見せた。

二

秋山小兵衛が、〔倉田屋〕へあらわれたのは、夜に入ってからであった。

お福があらかじめ、富五郎にはなしておいたので、店のほうから入って来た小兵衛は、富五郎の案内で、わたり廊下を住居《すまい》のほうへやって来た。お福は、日が暮れると住居のほうへもどっていた。

「品のよい店だな」

入って来るなり、小兵衛がいった。

「おはずかしゅう存じます」

「いや、なかなか、よい店だ」

お福が富五郎に、

「お仕度を、ね」

「承知いたしました」

富五郎が去ってから、お福は小兵衛を、亡《な》き半七の居間へいざなった。

「お前さん。谷中《やなか》の蛍沢《ほたるざわ》というところを知っているか？」

「行ったことはございませんが、はなしには聞いております」

「うむ。松永らは、蛍沢のあたりの百姓家に住み暮している」

「三人ともでございますか？」

「そうじゃ。お前さんは、三浦先生ゆずりの手裏剣《しゅりけん》をもって立ち向うつもりだろうが、こうなると、お前さんひとりではむずかしい。それに手裏剣では、到底……」

「いえ、松永の目玉へでも打ち込むことができましたら、それで、ようございます」

「ふうむ」

お福を凝《じっ》と見まもっていた小兵衛が、

「どうじゃ、明日の朝、やるか？」

と、いった。

「はい」

お福のこたえには、いささかの迷いもなかった。

「この秋山小兵衛に助太刀をさせてくれぬか。亡き三浦平四郎先生は、小兵衛が兄ともおもていたお人ゆえ、わしも松永には怨《うら》みをかけている」

「それは、ほんとうでございますか?」

「ああ、ほんとうじゃ。今夜は此処《ここ》へ泊ったほうがよい。泊めてくれるか?」

「ありがとうございます。百人力《りき》でございます」

と、お福が力んだ。

ここにおいて、二人の呼吸はぴ、た、り、と合ったのである。

富五郎が酒肴《しゆこう》の仕度を運んであらわれた。

「あ、富五郎さん。お客様は今夜、此処へお泊りになるから、御夜食を差しあげて下さい」

「承知いたしました」

「後は私がやるから……それと、お酒をね」

「はい」

出て行きかけて富五郎が、小兵衛にはわからぬように晦《めくば》せをした。すぐに、わたり廊下へ出て行くと、待っていた富五郎が、

「おかみさん。いま、玉吉さんが見えましてね」

「ふむ」

「松永のやつは、まだ見つからないそうで」

「そうかえ。わかりました」

「近いうちには、きっと、見つけ出してみせるといっておりましたが」

「よくわかりました」

「それでは」

「御苦労さま」

居間へもどり、お福は、小兵衛に酌《しゃく》をした。

小兵衛は一口のんで、

「よい酒じゃな」

「そうでございましょうか」

「うむ。これだけの酒をのませるところは、江戸にもめったにない」

「そういっていただけると、うれしゅうございます」

さもうれしげにいう、お福は倉田屋の女主人《あるじ》になりきっている。

「どうじゃ。胸がさわがぬか?」

「先程は、動悸《どうき》が……」

「さもあろう。むりもない。だが明日の朝に事はせまっている。大丈夫かえ?」

「はい」

「どれ、お前さんの得物を見せてごらん」

お福は自分の部屋へ行き、十本の手裏剣と十個の〔蹄《ひづめ》〕を持って居間へ引き返した。

「ほう。これが、蹄というものか？」

「はい。ですが、それは使わぬつもりでございます。よくよく考えましたが、やはり手裏剣のほうが手に馴《な》れておりますから……」

「そうか。わしもそうおもう」

三

谷中《やなか》の天王寺・門前から西へ向う道を下って行くと、蛍川とよぶ小川へ出る。

この川は、不忍池《しのばずのいけ》へながれ入っていて、川をわたり、尚《なお》も西へ行き団子坂《だんござか》をのぼると、本郷の肴町《さかなまち》へ出るのだ。

蛍川は、蛍沢《ほたるざわ》ともいう。

夏になると、蛍川のまわりに、たくさんの蛍が飛んで、

「その光りは、ことさらに勝《すぐ》れている」

などと、物の本にも記されている。

この辺は、大小の寺院が無数に立ちならび、あとは大名の下《しも》屋敷と田畑、雑木林の田園風景であった。

松永市九郎ら三名の浪人は、宗林寺《そうりんじ》という寺の裏手にある小さな百姓家で暮している。

竹藪《たけやぶ》を背にした一軒屋で、家の前に石井戸がある。住む人は浪人たちのほかには、だれもいない。

彼らは、此処《ここ》を根城にして、さまざまな悪事をはたらいているらしい。

「江戸へもどってから、おれは四人ほど斬《き》った」

松永は、加藤・太田の二浪人へ洩《も》らしたことがある。辻斬《つじぎ》りをして金品を奪うことなど、彼らにとっては、めずらしくもないことである。

その前夜、倉田屋へ泊った秋山小兵衛は、

「お福。今夜は気が昂《たか》ぶって、よく眠れぬかも知れぬが、それで、ちょうどよいのじゃ。わしも、こうしたときには、なかなかに寝つけない」

「まあ、先生でも、でございますか？」

「当り前のことだ。明日は三人もの荒くれどもを討つのだからな。わしだって怖い」

そういわれて、何やら、お福は気が落ちついた。その所為《せい》か、お福は、ぐっすりと眠った。

翌朝、お福が暗いうちに目ざめて身仕度をしていると、

「起きたか？」

茶の間で、小兵衛の声がした。

「はい」

「どうじゃ、小手《こて》ならしに手裏剣を投げてみぬか？」

「はい」

お福は、小兵衛を裏庭へ案内した。

裏庭へは、だれも入って来ないと見きわめがついたので、塀《へい》に貼《は》りつけた紙の的は、そのままにしてある。

「ほう。たゆみなく稽古《けいこ》をしているものと見える。あれが的か？」

「はい」

的に手裏剣が突き立った痕《あと》をながめて、秋山小兵衛が深くうなずき、

「よし。さ、投げてごらん」

すっと身を引いた。

お福は腰を沈め、左足をわずかに踏み出すと共に、

「む!!」

唸《うな》り声を発して、先《ま》ず一本目の手裏剣を投げ打った。外れた。

二本目、また外れた。

三本目は、みごとに的へ命中した。

「よし、そこまで」

「は……」

「それでよし。大丈夫じゃ」

「は、はじめの二本は、外れて……」

「当り前じゃ。起きたばかりで躰《からだ》がまだ、なれていないのだ」

「はい」

「よし。さ、もう一本投げてごらん。早く投げよ」

うなずいたお福が、すぐに、腰をひねって投げ打つと、みごとに命中した。

それから茶の間へもどり、二人は、お福が仕度をした粥《かゆ》を食べた。粥といっても重《おも》湯《ゆ》のように薄く、卵が一つずつ割り入れてある。これは、小兵衛が命じて、つくらせたものであった。

「そろそろ出かけようか。仕度はよいな?」

「はい」

お福は、帯の間に、手裏剣を三本、差し込み、あとの手裏剣は持たぬことにした。とても、十本の手裏剣は投げ打てぬ。十本を投げるようなことになれば、

(その間《かん》に、私は、松永に殺されてしまう)

そうおもったからだ。

秋山小兵衛は、そうしたお福を見ても、何もいわなかった。

二人は、裏庭の木戸を開けて外へ出た。

まだ、暁闇《ぎょうあん》がたちこめている。

小兵衛が、ゆっくりと歩みつつ、こうつぶやいた。

「お前さんの眼《め》のはたらきは、わしよりもよい」

「眼のはたらき、でございますか？」

「さよう。まだ暗かった裏庭で、よくも的に打ち当てたものじゃ」

「夢中で、投げたのでございますけれど……」

「ふむ、ふむ」

二人は、不忍池の北畔へ出て、松平伊豆守《まつだいらいずのかみ》・下屋敷の裏を、谷中《やなか》・八軒町《はちけんちょう》へ出た。

このとき、寺々の鐘が鳴りはじめた。

空が白《しら》み、差しのぼりつつある朝の日の光りが、あたりに加わり、小鳥が囀《さえず》りはじめた。

「浪人どもの見張りは、わしの門人だった男にたのんである。弥七《やしち》という男じゃ」

弥七は、たしかに、小兵衛から剣術をならったが、四谷《よつや》に住んでいる御用聞きである。それが、お福にわかったのは、もっと後のことだ。弥七の亡父もお上《かみ》の御用聞きをつとめていたそうで、秋山小兵衛とは、そのころからのつきあいであった。

小兵衛は昨日、浪人たちの居所《いどころ》を突きとめるや、宗林寺・門前の茶店で手紙をしたため、茶店のおやじに、心づけをたっぷりとあたえ、「駕籠《かご》を、どこかでつかまえて行っておくれ」そういって、四谷の弥七の許《もと》へ走らせた。

弥七が留守なら、弥七の女房が役に立つ者を、さし向けてくれるはずであった。弥七は、さいわいに、家にいて、すぐさま駕籠を飛ばし、茶店へ駆けつけてくれたらしい。

その弥七が、宗林寺の塀の陰からあらわれ、

「先生、お待ちしておりました」

「御苦労だったな。やつらは、いるかえ?」

「昨夜は、三人とも何処《どこ》へも行かず、酒をのんでおりましたよ」

「うむ。これが、お福だ」

「お福でございます。御苦労をおかけしまして、ありがとうございました」

弥七は、ごく目立たぬ町人姿だったし、これが御用聞きだとはおもえなかったが、さりとて、秋山小兵衛の門人というのも、妙な取り合わせだと、お福はおもった。

宗林寺の裏へまわると、小肥《こぶと》りの男が竹藪から飛び出して来て、小兵衛へ頭を下げた。

「徳次郎、御苦労だな」

この男は、弥七の配下の密偵《みってい》である。

「やつらは、目がさめたところでございます。いま、一人が外へ出て、井戸のところで顔を洗っております」

「ふうむ。井戸のところで、な」

「さようで」

さすがに、お福の顔色は灰色に変じていた。

徳次郎は、また百姓家の裏手へまわって行った。

「さ、様子を見ようか」

秋山小兵衛は、お福に声をかけ、雑木林の中へ入って行った。

林の中を身を屈《かが》めて行くと、百姓家の正面が見えてきた。

木の間《こま》がくれに見やると、いましも、石井戸の前に立って、加藤浪人が総楊枝《ふさようじ》で歯をみがいているのが見えた。

雑木林の中は木々の若葉と春の土の匂《にお》いが濃密にただよっている。

雑木林の東面は、寺院が四つほどあり、その向うは崖《がけ》であった。

秋山小兵衛は尚も身を屈め、御用聞きの弥七とお福に、何事か、ささやきはじめた。

四

松永市九郎は目ざめると、寝床の上で、太田浪人と朝酒をやりはじめた。

「松永さん。どうしたのです？」

「太田。どうかしたように見えるか？」

「顔色が冴《さ》えない」

「金がないからだ」

柄樽《えだる》を引き寄せた松永が、

「酒も、もうすぐになくなる」

「今夜あたり、少し稼《かせ》ぎましょうか」

「稼ぐなら、大きくやりたい。この家も半年の約束で借りているのだから、今度は、長く住みつけるところを探したいものだ」

「そうですな。それにしても今朝は顔色がすぐれませんな」

「ちょっと、気にかかることが……」

「何です？」

「どうも昨夜、この家が見張られているような気がした」

「何ですって。そりゃ、気の所為《せい》だ」

「そうか、な」

「そうですとも」

「どうも、昨日は昼すぎから、妙な気持ちがしている。どこかで、だれかの目が、おれを見張っているような……」

「また、はじまった」

「おぬし、何人、人を斬《き》った？」

「さあ……五人ほどでしょうかな」

「五人ではだめだ。おれの気持ちはわからぬ」

「何人、斬ればわかるのです？」

「斬った相手による。辻斬《つじぎ》りなどで、いくら斬っても同じことだ」

「それは、どういう？」

「怨《うら》みだ。斬った相手の怨みだ」

松永が、そういったとき、加藤浪人がもどって来て、

「松永先生。お先に」

「うむ。ま、一杯やれ」

「まだ、残っていましたか？」

「今夜は、久しぶりで立花屋敷の中間部屋《ちゆうげん》へ行ってみるか、どうだ?」

「結構ですな」

「お供します」

「今夜はな、博奕《ばくち》を打ちに行くのではない。そもそも、博奕の元手《もとで》がない」

「というと?」

「荒っぽいことをやらなくては、まとまった金《もの》が入らぬ」

「すると……」

太田が加藤と顔を見合わせて、

「博奕場荒しでもやるおつもりで?」

「ま、太田。顔を洗ってこい。ゆっくりとはなそう。今夜は、血をみなくてはおさまらぬぞ。覚悟しておくがいい」

にやりと笑った太田が、

「こいつは、おもしろい」

総楊枝《ふさようじ》を口にくわえ、外へ出て行った。

「おい、加藤」

「は」

「今朝は、風呂《ふろ》を焚《た》けよ。さっぱりとしたい」

「承知しました」

と、加藤が台所から二つの桶《おけ》を取り、石井戸の水を汲《く》みに出た。

「何だ？」

「先生が朝風呂だと」

「ふうん。おい、加藤。お前、何人斬った？」

「人か？ そうだな、この五年の間に三人も殺《や》ったか、な」

「何だ、少ないな」

「怪我《けが》をさせたやつは、数えきれないがね」

「そうだろうな」

いま、雑木林の中で、これを密《ひそ》かに見ているのは、秋山小兵衛ひとりであった。

御用聞きの弥七《やしち》は何処かへ消えてしまい、お福の姿も見えない。

大釜《おおがま》へ水を汲み込みはじめた加藤浪人が、台所と井戸場を行ったり来たりしはじめた。

朝の光りは、あたりに行きわたっているが、このあたりを通る人影は全くなかった。

井戸端に、金盞花《きんせんか》が濃い赤黄色の花をつけている。何処か遠くで、鶏《とり》がしきりに鳴いていた。

顔を洗い終えた太田浪人が、加藤浪人の水汲みを手伝いはじめた。

朝風呂といっても、この家に風呂場はないのだから、台所の土間で行水《ぎょうずい》でもするつもりなのであろう。

松永市九郎が部屋の戸を引き開け、縁側へ出て来た。

「先生。もうすぐです」

と、太田がいう。

「御苦労」

台所では、加藤が竈《かまど》に火を入れたらしく、けむりが戸の間から外へながれてきた。

雑木林の秋山小兵衛が、腰を浮かせたとき、松永は戸を閉め、部屋へ入った。

小兵衛はまた、身を屈《かが》めた。

石井戸がある前庭は、朽ちかけた垣根《かきね》をへだてて、小道に面している。その向うが雑木林だ。

このとき、御用聞きの弥七が雑木林の中へあらわれ、小兵衛に何かささやくと、小兵衛はうなずき、指示をあたえた。

弥七の姿が、また消えた。

宗林寺で読経《どきょう》の声が聞こえている。

二人の浪人は水を汲み終えたらしく、中へ入って台所の戸が閉まった。

家の中では、

「おい、太田。もう少し、酒を買って来てくれ」

「心得ました」

「湯を浴びて、一杯のんでから、根津の上総屋《かずさや》へ行き、腹ごしらえをしよう」

こういって、松永が財布を太田にわたした。

太田は酒の柄樽をつかみ、台所へ出て行き、加藤に、

「行水の仕度をたのむ。おれは、酒を仕入れてくる」

「よし、わかった」

「たのむ」

太田が外へ出て行った。

松永市九郎は、それでも、なかなか顔を洗いに井戸端へ出て来ようとはしない。

寝床へ腹這《はらば》いになり、煙草盆《たばこぼん》を引き寄せ、煙草を吸いはじめた。

しばらくして、千駄木《せんだぎ》坂下町の酒屋で、酒を柄樽に詰めさせた太田浪人が、もどって来た。

その後ろから、尾行してきた徳次郎の姿が見えたけれども、太田は、これに全く気づかなかった。

太田がもどって来て、松永に、

「先生。酒を仕入れて来ました」

「よし」

ここで、はじめて、松永市九郎が寝床から立ちあがり、脇差《わきざし》を腰へ差し込み、台所へ行って、総楊枝を手にした。

「湯のぐあいはどうだ？」

「ちょうど、よろしい」

「すぐもどる」

歯を磨《みが》きながら、松永は台所の戸を開け、あたりを注意深くながめまわしてから、外へ出た。石井戸の傍《そば》へ来て、桶に水を汲み入れ、尚《なお》も丹念に、歯を磨きつづける。

このときであった。

宗林寺の横道から、忽然《こつぜん》と、お福があらわれた。

お福は出て来るとき、むかし、着ていた洗いざらしの上田《うえだ》縞《じま》の着物を身につけて、髪も、引きつめ髪にしてきている。

だれが見ても、このあたりの農家の女としか見えない。

お福は、落ちついた足取りで、松永がいる百姓家の前の道へさしかかろうとしている。

松永は、ちらりとこれを見た。

見たが、まさかに、お福だとは気がつかなかった。

いや、気がついたとしても、気にとめなかったろう。松永は、これまでに一度も、お福をそれと知って見たことはないのである。

宗林寺の読経の声が高くなった。

松永は、総楊枝で舌のぬめりをこそぎ落し、口を漱《すす》ぎにかかる。

お福は、ゆっくりと小道を歩んで来る。

台所の戸が開いて、太田が顔を出し、

「先生。仕度ができました」

「おう」

こたえた松永が、顔を洗う水を汲みかけたとき、雑木林の中の秋山小兵衛がすっくと立ちあがった。

五

このとき、お福は垣根をへだてて、松永市九郎の目の前を通りすぎようとしていた。

お福は、これまで、一度も松永を見ようとはしていない。

雑木林の中で、立ちあがった秋山小兵衛が、

「それっ」

するどい声をあげた。

松永が、ぎょっとなって、声がした方を見やるのと、道を歩んでいたお福が足を停《と》め、松永へ振り向くのとが同時であった。

松永とお福は、約三間《げん》をへだてている。

振り向きざまに、お福は右手に隠し持っていた手裏剣を、

「鋭《えい》!!」

気合声を発して、松永へ投げ打った。

松永は、小兵衛の声におどろいた途端、垣根の外を通りすぎようとした女が振り向いたので、その気配にはっとなり、お福を見た。

その顔へ、もろに、お福の手裏剣《しゅりけん》が命中した。

しかも、松永市九郎の左眼へ、ぐさりと突き刺さったのである。

「あっ……」

よろめいた松永は、脇差《わきざし》を引きぬきざま、

「出合え!!」

叫んで、身をひるがえし、家の中へ逃れようとした。

その背中へ、お福が、帯の間に差し込んでいた手裏剣を抜き取り、

「む!!」

投げ打った。

この手裏剣は、松永市九郎の背中の上部へ突き立った。

松永は、縁側から家の中へ転げ込むようにして逃れた。

「何者だ！」

「うぬ！」

松永と入れかわりに、加藤と太田の二浪人が、大刀を抜きはらって前庭へ飛び出して来た。

すかさず、秋山小兵衛が雑木林から駆けあらわれ、

「お福。お前は、これまででよい」

といった。

「あ、秋山先生……」

「これまで」

しずかにいって、小兵衛が垣根を飛び越えた。

「やあっ！」

駆け寄って来た加藤浪人が打ち込む大刀を、ふわりと躱《かわ》した小兵衛の腰間《ようかん》から、電光のごとく疾《はし》り出た一刀が、ほとんど無造作に打ちはらった。

「ぬ！」

屈せず、加藤は構えを立て直し、猛烈な突きを入れてきた。

これを打ちはらい、飛び退《の》いた瞬間、小兵衛が加藤の右手首を切り裂いている。

「う！……」

加藤は大刀を取り落し、太田浪人と入れかわった。

「見たか」

と、小兵衛が太田に、

「これでもやるか」

「何を……」

家の中で、激しい物音が起った。

これは、裏手より家の中へ飛び込んだ弥七《やしち》と、松永が闘っているのだ。

松永は左眼を手裏剣に刺されているから、間合いもはかれず、棍棒《こんぼう》を持った弥七に圧倒されかかっている。

太田浪人は、大刀を脇構えにして、じりじりと小兵衛にせまってきた。

お福は小道に立ちつくし、帯の間に残っている一本の手裏剣を抜き取った。

「きさま。相当につかうな。何人殺した？」

と、小兵衛。

「うるさい！」

「そうか、うるさいか」

急に間合いを詰めて来た太田が、

「だまれ！」

「たあっ！」

真向《まつこう》から打ち込んだ大刀は、これを下から磨《す》りあげた小兵衛の一刀に撥《は》ね飛ばされてしまった。

このとき、隙《すき》を見て、落ちていた刀を辛《かろ》うじて左手につかみ取った加藤に気づいたお福が、

「あぶない」

叫ぶや、手裏剣を投げ打った。

この手裏剣は、みごとに加藤の右眼へ突き立った。

「うわ……」

加藤は、もう、いけないとおもったのかして、

「お、太田。逃げろ」

左手に刀を持ったまま、泳ぐような恰好《かつこう》で逃げはじめる。

太田も小兵衛に圧倒され、たまりかねて逃げかけるのへ、腰を沈めた小兵衛が、

「それ」

太田の膝《ひざ》のあたりを切り割った。

「あっ……」

たまらず、そこへ転げ倒れた太田の右腕を足で踏みつけておいて、小兵衛がお福へ、

「ありがとうよ」

「よ、よけいなことをいたしまして」

小兵衛は、太田の腕からはなれた大刀を左手に拾い取り、いましも必死に垣根を越えて逃げようとする加藤の、これも右脚を切りはらった。

共に脚を切られた加藤と太田は、あたりを転げまわって、逃げようにも逃げられぬ。

徳次郎が、裏手から前庭へ走り出て来た。

「弥七は、どうしている?」

小兵衛が問うと、

「どうやら、片がつきましたようで」

徳次郎が、ほっとしたようにこたえたとき、家の中から弥七が松永市九郎へ細引縄《ほそびきなわ》をかけて、縁側へ出て来た。

松永の左眼に突き刺さった手裏剣は、引き抜かれていたが、背中のほうは、まだ突き立ったままだ。よほど、深く刺さっているものとみえる。

「徳。その二人にも、細引縄《ほそ》を打ってしまえ」

「へい」

徳次郎が、捕縄をばらりとほぐし、あっという間に二人の浪人の手足を縛りあげた。

秋山小兵衛は、自分の大刀へぬぐいをかけ、鞘《さや》へおさめつつ、まだ小道に立っているお福を見た。

お福は、激しく身ぶるいをしている。ふるえがとまらないのだ。

「お福、これでよい」

「は、はい」

「女のお前は、人を殺《あや》めぬほうがよいのじゃ。人を殺めた女は、不幸になる。あとは、この男たちを、お上《かみ》にまかせようではないか。いずれ、きびしい処刑《しおき》を受けることになるは必定だ。敵は立派にとった。三浦先生もよろこんでおられよう」

松永市九郎は、弥七に縄尻《なわじり》を取られ、縁側に突伏し、呻《うめ》き声をあげている。

六

倉田屋には、毎朝五ツ半（午前九時）に廻《まわ》りの女髪結《おんなかみゆい》が二人来て、お福をはじめ、店の女たちの髪をととのえることになっている。

この日の、その時刻には、早くもお福は店へもどっていた。

もどるときも、裏木戸から裏庭へ入り、住居《すまい》のほうへ入って、富五郎が髪結が来たことを知らせに行くと、着換えをすませたお福が、

「あ、すぐに行きますよ」

と、こたえた。

その声を聞いたとき、

「……？」

富五郎は、何か、いつもとはちがっているお福を感じた。

しかし、どこがどうちがっていたのかといわれると、よくわからぬ。何となくちがっていた。強《し》いていうなら、

(何か、よっぽど、うれしいことでもあったのだろう)

とでもいうよりほかはない。

お福は、秋山小兵衛の指図どおりにうごいた。

いわれたとおりに、寸分の狂いもなくしてのけた。

「それっ」

と、小兵衛が合図の声をかけるのと同時に、振り向くと、松永市九郎の顔が絶好の間合いをへだてて、お福の眼に飛び込んで来た。

投げ打った瞬間、お福は、手裏剣が松永の左眼へ突き立つことを確信した。

小兵衛は、弥七《やしち》と徳次郎をつかい、細心のはからいをしてくれたのである。

この日の夜に入って、住居へ引き取ったお福へ、

「おかみさん。ちょっと、よろしゅうござんすか?」

「あ、富五郎さん。さ、お入りなさい」

「ごめんを」

わたり廊下から、茶の間へ入って来た富五郎が、

「いま、羽沢《はねざわ》の元締《もとじめ》のところから、例の玉吉さんが見えましまして……」

「ふむ、ふむ」

「急に、とんでもないことになってしまいました。まあ、それが、おかみさんにとって、いいことか悪いことか……」

「どうしたんです?」

「あの松永市九郎という浪人は、仲間の二人と共に、御用になりました」

「へえ……」

「何でも、四谷《よつや》の何とかという御用聞きが、捕まえたそうです。あいつらは、何と、此処《ここ》からも近い谷中《やなか》の蛍沢《ほたるざわ》の百姓家に隠れていたそうです」

「まあ……」

「おかみさんは、お上へ知らせる前に、自分の耳へ知らせるようにといっていなすっ

たのでて、玉吉さんも……」

「なあに、同じことですよ、富五郎さん。私も本所《ほんじょ》の三ツ目の親分へ知らせるつもりだったのだもの」

「さようで」

「よかった、松永が捕まって」

「やつら、磔《はりつけ》は、まぬがれないと玉吉さんがいっていました」

「そうだろうね。あれだけ、悪事をはたらいてきた松永だもの。あ、富五郎さん。お前さんから、羽沢の元締と玉吉さんへ、御礼の挨拶《あいさつ》をしておいて下さいよ。御礼はじゅうぶんにしてね」

「承知しました」

「それからねえ……」

「へ?」

「急がないけれど、一度、私を越後《えちご》の新発田《しばた》まで連れて行ってもらいたいのですよ」

「新発田へ?」

「私の故郷《くに》でねえ。両親と、それから恩人の御墓がある。前から、一度、御墓詣《まい》りにとおもっていたものだから、何、私ひとりでも行けないことはないのだけれど……」

「とんでもない。女のひとり旅はいけません。へえ、いつでも御供させていただきます」

この夜、お福は、ぐっすりと眠った。

そして、秋山小兵衛の言葉にしたがい、松永市九郎を、わが手で殺さなかったことに、

(よかった。もし、そんなことをしていたら、女の私が、松永と同じ人殺しになってしまうところだった。秋山先生のおかげだ。このことは、何も彼《か》も、生涯《しょうがい》、忘れてはいけない)

眼を閉じて、眠りに引き込まれながら、

(三浦の旦那《だんな》さま、五平さん。それから神谷《かみや》の旦那。これで、ようござんしたかえ?)

お福は、胸の内で、よびかけていた。

青い眉《まゆ》

一

お福が富五郎を連れ、新発田《しばた》へ旅立ったのは、この年の九月であった。

この長い旅で、二人は結ばれたわけではなかったが、たがいに、心が通い合ったとみてよい。

新発田へ着くと、お福は箕口《みのくち》村の大円寺《だいえんじ》にあずけてあった両親の骨を、四ノ町の周《しゅう》円寺《えんじ》へ移し、墓を建てることにした。

そして、木の墓標だけだった神谷《かみや》弥十郎《やじゅうろう》にも墓を建てた。

永代供養《えいだいくよう》の金を、周円寺の和尚《おしょう》へわたしたことはいうまでもない。

神谷弥十郎が住んでいた家には、浪人夫婦が二人の子と共に住み暮しているそうな。

和尚は、少女だったころのお福を知っているだけに、

「これが、お福さんかのう」

はじめは、名乗っても、本当にしなかったほどだ。

墓が出来るまで新発田に滞在していたのだから、お福と富五郎が江戸へもどって来ると、間もなく冬になった。

お福が、秋山小兵衛《こへえ》の隠宅を訪れ、富五郎と夫婦になることを告げたのは、年が明けた安永三年（西暦一七七四年）の春であった。

お福は二十一歳。富五郎は四十三歳である。

そして秋山小兵衛は、五十六歳になっていた。

「そうか、それは何よりじゃ。めでたい」

「ありがとう存じます」

「それで、いまの商売をつづけて行くつもりなのかえ？」

「はい」

松永市九郎と二名の浪人は、去年の秋に処刑され、いまはもう、この世の人ではない。

お福は、小川宗哲の寺にあずけておいた五平の骨を、下谷《したや》・茅町《かやちょう》の教證寺《きょうしょうじ》へ移し、これにも墓を建てた。

「これで、やっと、お前さんの身も落ちついたようじゃな」

と、秋山小兵衛がいった。

「はい。おかげさまで。私も、これで落ちついたとおもいます」

「手裏剣《しゅりけん》の稽古《けいこ》は、いまも、しているのか？」

「いいえ」

「そのほうがよい。これからのお前さんには、用がないものじゃ。それで、手裏剣はどのように始末をした？」

「捨てては、罰があたります。五平さんの、お墓の下へ埋めましたが、それで、よろしかったのでございましょうか？」

「五平の、な……」

「はい」

「ちょっと畑ちがいだが、まあ、よいだろう。何事も、お前さんの心がこもっているのだから……」

「おそれいります」

「それはさておき、お福さん」

小兵衛は、青々と眉を剃《そ》り落し、歯に鉄漿《かね》をつけたお福を、つくづくとながめて、

「よい女房ぶりじゃ。亡《な》き三浦先生が、いまのお前さんを見たら、何というかな」

お福は黙って、微《かす》かな笑いを口のあたりに浮かべただけであった。

〔倉田屋〕は、繁昌《はんじょう》している。

一年、二年とたっても、お福と富五郎は、亡き半七の商売の仕方を変えなかった。

(子供は生めなかったけれど……これで、どうやら、私の生涯《しょうがい》も見えた)

お福は、そうおもった。

だが、そうは行かなかった。

二

これは、後《のち》になって、小川宗哲が、お福に洩《も》らした言葉だが、

「お前さんの御亭主の富五郎さんは、長年にわたり、何事につけ、自分というものを殺して生きて来なすったに相違ない。たとえば、酒ひとつ飲むにしても、おもうさま酔ってみるということがない、それがいけなかったのだろう。もっと早く診てあげたかった」

「はい。私は何度も、小川宗哲先生に診ていただけと申したのでございますが……」

「診られるのが怖かったのであろうよ。わしがおもうに富五郎さんの躰《からだ》は、だいぶ前から悪くなっていて、本人も、それに気づいていたとおもうがな」

「さようで……」

「うむ。酒は、このごろ飲んでいたか?」

「いえ、去年の秋ごろから、ぷっつりと飲まなくなりました」

「そうか。自分を殺して、酔えない酒を飲むことが、どれだけ、自分の躰によくないかを知ったとみえる。知ったときには遅かった。せっかく、お前さんのような良い女房をもらって、これからというときに、残念だったのう」

富五郎が急死したのは、安永八年の春で、享年《きようねん》四十八歳であった。

お福との間に子は生まれなかったが、倉田屋の商売も順調で、この年の正月には、

「お福。どうやらこれで心配もなくなったようだ」

何をおもったか、富五郎が、

「お前に、はなしておきたいことが山ほどあるのだが……」

「何のこと?」

「私のことさ。お前は、むかし、何をして、おれが生きていたか、私がどんな男だったか、尋ねもしないが、いずれ近いうちに、ゆっくりとはなしておきたいとおもっている」

「そんなことよりも、お前さん、このごろ顔色がよくない。どうして宗哲先生のところへ行ってくれないのだえ?」

「私の躰のことは、よくわきまえている。ま、心配をするな」

さりげなくいった富五郎だが、後で考えると、あのとき、すでに死が忍び寄ってい

ることを富五郎は予感していたようにおもわれる。

富五郎の死は、まことに呆気《あっけ》なかった。

その日の夜明け方に富五郎は、激しく身ぶるいをして、

「う、う、寒い。寒くて寒くて……」

目ざめると、お福に蒲団《ふとん》を何枚も重ねさせ、それでも「寒い」という。梅も散った季節だし、その朝は格別に寒いわけではなかった。

「どうしたのだろうねえ?」

富五郎の額へ、お福が手を当ててみると、火のように熱い。

「あっ。お前さん、これはいけない」

女中のお巾《きん》を起して後をたのみ、お福は夜明けの星がまたたいている空の下を、本所の小川宗哲宅へ駆けつけて行った。

宗哲が来てくれたとき、富五郎は意識不明となっていた。

それから三日目に、富五郎は息を引き取ったのだが、宗哲は泊り込みで面倒をみてくれた。

前述の宗哲の言葉は、そのときに、お福の耳へ入ったものである。この間《かん》、富五郎は高熱にうなされ、ほとんど、意識がなかったけれども、息を引き取る前の夜に、ぽっかりと両眼《りょうめ》をひらいた。

枕元《まくらもと》にいたお福が、それに気づいて、

「お前さん、お前さん。私だよ、お福が此処《ここ》にいますよ」

顔を近づけると、その手をにぎりしめた富五郎が、

「私が死んだら、だれにも知らせないでくれ。また知らせるところもない。私は、お前が傍《そば》についていてくれるだけで、いいのだからね」

「お前さん……」

富五郎は凝《じっ》と、お福を見つめた。子供のように無邪気な眼の色であった。その眼を、お福は生涯、忘れなかった。

「お福……」

「あい」

「ありがとうよ」

それが、富五郎の最期《さいご》の言葉で、間もなく昏睡《こんすい》状態となり、翌日の明け方に息絶えたのである。

通夜《つや》も葬式も店の者だけでやったが、小川宗哲から聞いたとみえ、秋山小兵衛が悔みにあらわれた。ときに小兵衛は、六十一歳になっている。

「残念なことをしたのう」

なぐさめる小兵衛に、お福が、

「どうして、私に関《かか》わり合いができた人たちが、つぎつぎに死んでしまうのでしょう。私という女は、まわりの人たちを、不幸にしてしまう因縁《いんねん》をもっているのでしょうか……」

たまりかねたように、

「もう、五人も死んで……」

いいさすと、絶句してしまった。

「みんな、お前より年上の人たちばかりだ。先へ逝《ゆ》くのは当り前だ」

小兵衛は、事もなげに、

「そんなことをいっていたのでは、切りのない事じゃ」

「でも……」

「でも?」

「私は、もう二度と、男には関わりたくありません」

「そんなに突きつめて、考えていたのかえ?」

「はい」

「それでは、仕方がないことじゃ」

三

それから、九年がすぎた。

富五郎が死んで九年目の天明八年の夏の、或《あ》る日に、突然、お福が秋山小兵衛の隠宅を訪れて、

「秋山先生。まことにもって、面目《めんぼく》もないことながら……」

と、うつむいたきり、黙ってしまったお福に、

「どうした？」

「は……」

「いってごらん。わしは、お前の親代りのつもりでいる。その親にいえないような悪いことかえ？」

「そうでございます」

「ふうむ……」

小兵衛は、お福をしばらく見つめていたが、

「どうじゃ、わしが、お前の悪事を当ててみようか？」

「おわかりになりますか？」

「わかる、ような気もする」

「さ、さようで……」

「男ができたな」

ずばりと小兵衛にいわれ、見る見る、お福の襟元《えりもと》から顔にかけて、血がのぼってきた。

「どうやら、当ったらしいのう」

「ど、どうしてもといわれまして……池《いけ》ノ端仲町《はたなかちょう》の白木屋という呉服屋の、御主人の後妻《のちぞえ》に……」

「よいはなしではないか」

「でも、まだ、はっきりとは……」

「その白木屋の旦那《だんな》は、お前より年上かえ？」

「はい。十《とお》も年上なのでございます」

「すると、四十五《しじゅうご》ということになるな」

「はい。それで、それが、あの……」

「心配なのか？　まだ、以前のことを気にしているのか？　つまらぬことじゃ。いいかげんにしたがよい」

池ノ端仲町の〔白木屋〕は、お福がひいきにしている呉服屋だが、主人の新兵衛は、お福の店の客ではない。しかし、亡父の跡をついで主人になる前は、番頭として、お福とのつきあいもあり、お福の人柄《ひとがら》は、よくよくわきまえていた。そのころから新兵衛には妻があり、一男一女をもうけていたのだが、その妻お松が、去年の夏に病死をしてしまった。

　呉服屋も商売である。商売をするものにとって、万事に家の内をととのえる妻の存在がなくてはならぬ。

　白木屋新兵衛は考えぬいたあげく、お福に、

「どうか、家《うち》へ来てくれませんか？」

申し入れたが、はじめのうち、お福は相手にしなかった。しかし新兵衛はあきらめず、何度も何度も足を運んで来る。

「私にも、この店がありますから」

と、いっても怯《ひる》まない。あきらめない。一途《いちず》になって、たのみにくるのであった。

仕方もなく、お福は、神谷《かみや》弥十郎《やじゅうろう》から富五郎にいたる男たちのことをざっと打ちあけ、

「私はね、旦那。こういう女なんです。もしも、旦那に万一のことがあったら困るじゃありませんか」

　すると新兵衛は笑って、

「そんな、つまらないことが気になるのだったら、私と夫婦になって、試してみれば

いいじゃありませんか」

と、いう。

「でも、五人もの人たちが、みんな……」

新兵衛は一言のもとに、それは偶然が重なっただけのことで、世の中には、いくらも例があることだといった。そして尚《なお》も、申し込みに足を運んで来る。

お福は、しだいに、以前の決意がゆるみかけてきた。

そこで、小兵衛へ相談に来たのである。秋山小兵衛は七十歳になってい、小川宗哲も八十一歳の長寿をたもち、二人とも矍鑠《かくしゃく》としている。

「わしを見よ」

かたちをあらためた小兵衛が、

「わしは剣術つかいゆえ、道理に外れたことはせぬが、やむを得ず何人もの人を斬《き》り捨てている。こんな男が七十まで生きているのじゃ。このことを、お福は何と見る」

「……………」

「帰れ。帰って、白木屋の後妻《のちぞえ》になれ。お前も、なりたいのが本音であろう。なって、白木屋に可愛《かわい》がってもらうがよい」

「ま、そんな……」

「ほれ、赤くなった。それが自然のことよ。むりをするな、痼《しこ》りが残るぞ」

お福は、この年の秋に、白木屋の後妻に入った。

倉田屋は、お巾《きん》とお沢が、お福の代りをつとめ、当分は商売をつづけて行くことに決まった。

四

白木屋の後妻となった、お福の生活は、すべて順調であった。

賢いお福は、呉服屋の内儀としてのはたらきにも間然するところなく、奉公人の信頼を得て、

「お前さんのことだから、大丈夫とおもってはいましたが、実のところ、これほど立派におやんなさるとはおもわなかった。ほんとうに、よかった。お前さんを女房にして、私は鼻が高い。よかった、よかった」

と、白木屋新兵衛は大よろこびだ。

さて、新しい年が明けて、寛政元年となった、この年の十二月に、健康そのものだった三十六歳のお福が、風邪をこじらせてしまったのである。

ちょうど師走《しわす》も押しつまってきて、商家は目がまわるほどに忙しい。ちょっと風邪を引いたなとおもったが、健康に自信があるお福は気振《けぶ》りにも出さず、多忙の明け暮

れに没入していた。

師走に入って、しばらくの間は暖かい日がつづいたが、中旬から冷え込みが強《きつ》くなった。しかし、越後《えちご》の新発田《しばた》で生まれ育ったお福には何でもなかった。

或《あ》る夜、寝床へ入ってから、お福は、いつになく疲れをおぼえた。頭がずきずきといたむのが、かつてないことであった。

(こんなときには、少し、お酒をいただいて、ぐっすりと眠ればいい)

台所へ行き、茶わんに半分ほど、冷酒をのんでから寝床へ入った。

そして、眠ることはよく眠れたのだが、翌朝、目ざめて起きようとすると、起きあがれない。重い鉛の板がくび、肩、背中、腰のあたりに貼《は》りついたようで、さすがのお福も、躰《からだ》の自由を失っている。

「お福。どうしなすった?」

白木屋新兵衛は、お福の様子が徒事《ただごと》でないので、

「あっ、こりゃあいけない」

お福を寝かせておき、自分が駕籠《かご》を飛ばし、小川宗哲宅へ駆けつけた。

老いた小川宗哲は、このごろ、往診をやめていたが、お福のことになれば別だ。その駕籠へ乗って白木屋へ来てくれた。

この間に、お福は高熱のため、意識不明となっていた。

宗哲は、昏睡《こんすい》しているお福を見て、くびをかしげた。

「先生。いかがなものでございましょうか？」

「今年は、性質《たち》の悪い風邪が流行《はや》っている」

「えっ……」

「少し、手遅れのようだが、何とか手をつくしてみましょう」

「何しろ、いままで、何もいわなかったものでございますから……」

「お福さんは、ふだん、丈夫だからのう。だから、こういうことにもなる」

宗哲は、早速、手当てにかかった。

だが病状は、坂道を転げ落ちるように悪化した。

お福は、宗哲に手当てを受けていることもわからず、昏々《こんこん》として睡《ねむ》りつづけている。


あたりいちめんの花、花であった。

お福は、夢の中をさまよっている。

故郷・新発田では毎年、七月十一日の夜から翌朝にかけて、盆の花市がひらかれる。上、中、下町の三町で、通りに露店の花を売る屋台が、びっしりと並ぶのだ。萩《はぎ》や芒《すすき》、桔梗《ききよう》、女郎花《おみなえし》、千日紅《せんにちこう》などの盆花を、近在の農家の女が売りにあつまって来る。

明るい灯火に浮かぶ色とりどりの花の中を、ゆっくりと歩む人の姿を見て、お福は、

「旦那《だんな》さん……」

と、呼びかけた。

その人は、亡《な》き神谷《かみや》弥十郎《やじゅうろう》であった。

弥十郎は、お福のほうを見て、にっこりと笑った。

「すぐに、旦那さんの側《そば》へ行きますよ」

声をかけたお福へ、二度三度と、神谷弥十郎がうなずいて見せる。

「これ、お福。気がついたか、わしじゃ。秋山小兵衛じゃ」

「あ……」

このとき、お福は意識がもどった。

小川宗哲の知らせで、秋山小兵衛が駆けつけてくれたのだ。意識不明となってから、三日目の夕暮れであった。

白木屋新兵衛も、枕頭《ちんとう》につきそっていた。

「秋山先生……」

「おお」

「長い間、いろいろと、ありがとう存じました。いま、このときお目にかかれて、うれしゅうございます」

こういって、お福は、枕頭にあつまった人びとの顔をながめわたしてから、白木屋

新兵衛に向って、

「お先にまいります。旦那は、ゆっくりと、おいでなさいまし」

「お、お福……」

と、新兵衛は泪声《なみだごえ》になった。

お福は、視線を秋山小兵衛へ移し、

「これで、安心をいたしました」

「そうか……」

「今度こそは、迷惑をかけずにすみますから……」

微《かす》かにいったお福の顔に、喜悦の色が浮かんだ。

「宗哲先生……」

「苦しいか?」

「ちっとも、苦しくありません」

両眼を、しずかに閉じたお福の口から、

「みなさん、お先に……」

と、つぶやきが洩《も》れた。

解説

筒井ガンコ堂

平成二年五月六日、千日谷会堂で池波正太郎師の告別式が営まれた時、一体どれくらいの人がこの作家に別れを言いに来ていただろうか。とにかく、式場の中ほどに座っていた私が、弔辞も終わり読経《どきょう》の中、順番に従って焼香を終えて外に出ると、文字通り長蛇《ちょうだ》の列が出来ていた。

列外に、焼香が済んでもなお去り難く佇《たたず》む人たちの中に数年前まで同僚であった編集者の顔を見つけ、近寄って故人の思い出などを語りながら、有名な作家、俳優なども交じるその長い列を見るともなく見ていて、新聞・テレビなどで顔だけは見知っている政治家を見つけた。自由民主党の有力議員で、最近亡《な》くなった小此木彦三郎《おこのぎひこさぶろう》氏だった。

一瞬、いぶかしく思った。私の裡《うち》で、池波正太郎と政治家とが結びつかなかったのだ。それに、小此木氏のような有力者がなぜ一般会葬者に交じって焼香の順を並んで待っているのか。

しかしすぐに「あ、この人も池波先生のファンなのだ」と思い至って疑問は解けた。それにしても、傍若無人の代名詞のような代議士の中に、おとなしく分《ぶん》を弁《わきま》える人がいることは一つの発見だった。海千山千の、煮ても焼いても食えない人間がウジャウジャ棲息《せいそく》する政界に、鬼平《おにへい》や秋山小兵衛《あきやまこへえ》を共感をもって読むことのできる人がまだいることにちょっぴり安堵《あんど》もした。

はたして氏はその後、ある雑誌の池波正太郎追悼号に〝面識はなかったが、池波作品にご厄介《やっかい》になった者として（夫婦で）告別式に参列できて本当によかった〟と実に真率さの溢《あふ》れるさわやかな一文を寄せていた。

あの日から丸二年が経《た》った。池波作品は生前にも増して多く人びとに読まれているようだ。小此木氏のような「おとな」に限らず、最近は年若の人たちにも広く深く浸透しているように見受けられる。それはなぜか？

「人は死ぬために生きる」――その作品の中でも述べられ、私たち編集者との対話でもたびたび語られた作家・池波正太郎の基本的な認識で、もう一つの「人は悪いことをしながら善いこともする」と双璧《そうへき》をなしている。

後者は措《お》いて前者について述べてみると、こういうことだ。

人間は生きている限り、飯を食い、眠り、異性と交わることを繰り返すが、「死ぬために生きる」という認識を持つことによって、その人の生は充実し、物の見方が深くなり、他者に対して温かい気遣いができるようになる――。

そのことを池波師は、諸々の作品の中で、理屈やお説教としてではなく、登場人物のさまざまの生き様《よう》を通して読者に具体的に教えてくれるのだ。それを読者は快く受けとめる。

物質的な繁栄の極みにあって従来の価値観が見事に崩壊し、社会は混迷の度を深めている。そんな現代日本に生きて拠《よ》り所を失った人たちが最も欲しているのは〔心の平安〕というものであろう。そんな人たちが池波作品に触れることによってほのぼのとした気持ちになり、「世の中、まんざら捨てたものでもないな」という読後の感想を持ちうるとするならば、これほどの慰藉《いしゃ》があろうか。

私は、老若男女《ろうにゃくなんにょ》を問わず池波作品の読者が増えている理由をそのように考える。むろん、作品の登場人物だけではなく、作者自身が「死ぬために生きる」ことをモットーにしていたわけである。その結果としての師の〝生の充実〟や〝物の見方の深さ〟については、私ごときが喋々《ちょうちょう》すべきことではないだろう。読者が個々の著作によって窺《うかが》い知ればよい。ただ、温かい気遣いについては、かつて編集者として身近に接した者の〝特権〟として、その一例を紹介することは許されるだろう。

師の作品に、ご本人も気に入り、大方の評判もいい長編小説『男振《おとこぶり》』がある。これは月刊「太陽」に昭和四十九年七月号から翌年九月号まで十五回連載され、同年十一月に平凡社から単行本として刊行された。連載開始から単行本化まで編集者として担当したのが私だった。

連載に先立って、師の発案で新潟県新発田《しばた》市へ取材旅行をした。師、挿絵《さしえ》の中一弥《なかかずや》氏、それに私の三人で出掛けた。上越新幹線がまだ開通していないころで、上野駅発の在来線利用の一泊二日の旅だった。

ところが、その旅行は、師にとっては必要ではなかったのである。新発田は、長編『堀部安兵衛《ほりべやすべえ》』を引き合いに出すまでもなく、師にとっては信州の各地と同じくらいに馴染《なじ》みの土地で、なるほど『男振』の主人公の出身地ではあるが、改めて取材しなければいけないことなど何もなかった筈《はず》なのだ。その証拠に、その地が初めてだった中氏や私に対して師は終始、案内者であった。

恐らく一〇〇パーセント当たっていると確信しているが、私の推測によるとその旅は、まだ編集者としては若輩で未熟な私を、連載開始に当たって、旅を通じて作者と挿絵画家とに慣れさせようという教育的な配慮があったろうし、既にコンビを組んでいた中氏が、居職の仕事が忙しくてほとんど旅行をしないということを知った上で、取材を兼ねた慰労の意味もあったのだ。そんな心遣いをする師だった。

いま年譜を調べてみると、その年、師は三大シリーズ「鬼平犯科帳」「剣客《けんかく》商売」「仕掛人・藤枝梅安《ふじえだばいあん》」をそれぞれ連載中で、その上、畢生《ひっせい》の大河小説『真田《さなだ》太平記』

を「週刊朝日」誌上で連載し始めている。そういう、作家として最も多忙な時期に敢《あ》えてそんな〝取材旅行〟を企画した師に、今にして改めて頭の下がる思いがするのだ。誰にでもできることではない。

思えば、その新発田への旅が、その後十数回にも及ぶ師との旅の最初だった。さまざまの旅はさまざまな思い出を残してくれている。しかし今は、その思い出の一つひとつを語る時ではない。

師からは十数年にわたって、その言動を通していろいろなことを教わった。「人生の達人」と称せられた師の言説・行動のすべてが私の教科書だった。しかし、不肖の弟子であった私には、そのすべてが十分、身についたとは言えないのが残念であり、勿体《もったい》ないことだと思う。ただ、「人間はある年齢になれば、一日に一回は、死というものを考えたほうがいい」という言葉は、師の声とともに、今だに私の耳底に残っていて、自らの生の在り方を考えるよすがにしている。

さて、そろそろ『ないしょ ないしょ』に話を移さなければいけなくなった。

池波正太郎は「鬼平犯科帳」「剣客商売」「仕掛人・藤枝梅安」の三シリーズのほか、多くの作品で老・壮・若の「男」の生き様《よう》を中心に据《す》えて書き続けてきたが、ある時期から意識的と思えるほど、「女」を主人公にした物語を次々に紡《つむ》ぎ始めた。つまり『旅路』『夜明けの星』『雲ながれゆく』『乳房――鬼平犯科帳特別番外篇』『まんぞくまんぞく』、そして『ないしょ ないしょ』の諸作で、いずれも新聞・週刊誌に連載された。

「意識的」ということを師は最も嫌《きら》っていたからそんなことはあるまいが、約十年間に六作品とは、それまでの創作活動を考えると尋常ではない。何らかの動機があったものと考えられるが、既に師は亡く、確かめるすべはない。しかし、言えることは、これらの作品の一貫したテーマは、主人公は武家の妻あるいは娘、商家の嫁、女中、百姓の娘など境涯《きょうがい》は異なるが、それぞれ運命に弄《もてあそ》ばれながらもけなげにたくましく明日へ向かって生きる「おんな」の生き様《よう》の不思議さということだ。『ないしょ ないしょ』も例外ではない。

奇《く》しくも、この物語も新発田から始まる。十六歳のお福は、百姓・市蔵《いちぞう》の子だが、貧乏な境遇のうちに両親を失い、金で買われて剣客・神谷弥十郎《かみややじゅうろう》の下女奉公をしている。そして夏のある夜、主人・神谷に凌辱《りょうじょく》される。続いて又。お福は憎むが、圧倒的な力の前にはどうしようもない。ついにお福は主人・神谷の味噌汁《みそしる》の中に鼠《ねずみ》の糞《ふん》を入れてしまう。それが結局バレてしまって、お福は殺されることを覚悟するが、不思議なことに神谷は許す。そして、雨の激しい夜、神谷は矢で射られて死んでしまう。その死顔はおだやかで神々《こうごう》しくさえ感じられた……。

行く先を失ったお福は、同じ神谷の家で下男をしていた五平《ごへい》に誘われるままに江戸へ向かうことになる。お福が驚いたことに神谷は二人のために十五両というお金を五平に渡していた。

江戸に出たお福は、三浦平四郎という、小梅《こうめ》村に住む六十八歳の御家人の隠居所に下女奉公に出る。その老人は根岸流の手裏剣《しゅりけん》の名手だった。その老人からお福はひそかに手裏剣を習う。筋はよい。「……よいか、このことはないしょ、ないしょだぞ」。

この物語も、薄幸な娘・お福が運命に翻弄《ほんろう》されながらも、人びとの善意に助けられながら、明るく、たくましく生きていく姿を描いている点は、先に挙げた五作品と軌を一にしているが、エンターテインメントとしてはもう一捻《ひとひね》りしてある。

それは「剣客商売番外編」と謳《うた》ってあるように、秋山小兵衛が重要な人物として登場するのだ。さらに小川宗哲《そうてつ》が登場する、仙台堀《せんだいぼり》の政七《まさしち》が、四谷《よつや》の弥七《やしち》が登場する。羽沢《はねざわ》の嘉兵衛《かへえ》まで登場する。軍鶏《しゃも》なべ屋〔五鉄《ごてつ》〕も出てくれば橋場《はしば》の料亭〔不二楼《ふじろう》〕も出てくる。「鬼平犯科帳」「剣客商売」さらには「仕掛人・藤枝梅安」でおなじみの人物、店名が出て、ファンはついニヤリとしてしまうこと必定と言えよう。

お福は結局、運命のままに精いっぱい生きて、「みなさん、お先に……」という言葉を残して三十六歳の命を終えるのだが、結末は池波作品のいつもの例に洩《も》れずさわやかである。

（平成四年五月六日、フリー・ライター）

この作品は昭和六十三年九月新潮社より刊行された。

池波正太郎著　剣客商売①　剣客商売

白髪頭の粋な小男・秋山小兵衛と巌のように逞しい息子・大治郎の名コンビが、剣に命を賭けて江戸の悪事を斬る。シリーズ第一作。

池波正太郎著　剣客商売②　辻斬り

闇の幕が裂け、鋭い太刀風が秋山小兵衛に襲いかかる。正体は何者か？　辻斬りを追跡する表題作など全7編収録のシリーズ第二作。

池波正太郎著　剣客商売③　陽炎の男

隠された三百両をめぐる事件のさなか、男装の武芸者・佐々木三冬に芽ばえた秋山大治郎へのほのかな思い。大好評のシリーズ第三作。

池波正太郎著　剣客商売④　天魔

「秋山先生に勝つために」江戸に帰ってきたとうそぶく魔性の天才剣士と秋山父子との死闘を描く表題作など全8編。シリーズ第四作。

池波正太郎著　剣客商売⑤　白い鬼

若き日の愛弟子を斬り殺された秋山小兵衛が、復讐の念に燃えて異常な殺人鬼の正体を追及する表題作など、大好評シリーズの第五作。

池波正太郎著　剣客商売⑥　新妻

密貿易の一味に監禁された佐々木三冬を秋山大治郎が救い出すと、三冬の父・田沼意次は嫁にもらってくれと頼む。シリーズ第六作。

池波正太郎著　剣客商売⑦　隠れ簑

盲目の武士と托鉢僧。いたわりながら旅を続ける年老いた二人の、人知をこえた不思議な絆を描く「隠れ簑」など、シリーズ第七弾。

池波正太郎著　剣客商売⑧　狂乱

足軽という身分に比して強すぎる腕前を持ったがゆえに、うとまれ、踏みにじられる侍の悲劇を描いた表題作など、シリーズ第八弾。

池波正太郎著　剣客商売⑨　待ち伏せ

親の敵と間違えられた大治郎がその人物を探るうち、秋山父子と因縁浅からぬ男の醜い過去が浮かび上る表題作など、シリーズ第九弾。

池波正太郎著　剣客商売⑩　春の嵐

わざわざ「名は秋山大治郎」と名乗って辻斬りを繰り返す頭巾の侍。窮地に陥った息子を救う小兵衛の冴え。シリーズ初の特別長編。

池波正太郎著　剣客商売⑪　勝負

相手の仕官がかかった試合に負けてやることを小兵衛に促され苦悩する大治郎。初孫・小太郎を迎えいよいよ冴えるシリーズ第十一弾。

池波正太郎著　剣客商売⑫　十番斬り

無頼者一掃を最後の仕事と決めた不治の病の孤独な中年剣客。その助太刀に小兵衛の白刃が冴える表題作など全7編。シリーズ第12弾。

池波正太郎著　剣客商売⑬　波紋

大治郎の頭上を一条の矢が疾った。これも剣客商売の宿命か——表題作他、格別の余韻を残す「夕紅大川橋」など、シリーズ第十三弾。

池波正太郎著　剣客商売⑭　暗殺者

波川周蔵の手並みに小兵衛は戦いた。大治郎襲撃の計画を知るや、波川との見えざる糸を感じ小兵衛の血はたぎる。第十四弾、特別長編。

池波正太郎著　剣客商売⑮　二十番斬り

恩師ゆかりの侍・井関助太郎を匿った小兵衛に忍びよる刺客の群れ。老境を悟る小兵衛の剣は、いま極みに達した。シリーズ第15弾。

池波正太郎著　剣客商売⑯　浮沈

身を持ち崩したかつての愛弟子と、死闘の末倒した侍の清廉な遺児。二者の生き様を見守り、人生の浮沈に思いを馳せる小兵衛。最終巻。

池波正太郎著
料理＝近藤文夫　剣客商売　庖丁ごよみ

著者お気に入りの料理人が腕をふるい、「剣客商売」シリーズ登場の季節感豊かな江戸料理を再現。著者自身の企画になる最後の一冊。

西尾忠久著　剣客商売101の謎

あなたの「剣客商売」度が、ズバリわかるQ＆A101。腕試ししてみませんか。「剣客」シリーズをさらに楽しみたい方にお勧めです。

新潮文庫最新刊

北森鴻著
触身仏
―蓮丈那智フィールドファイルⅡ―
美貌の民俗学者が、即身仏の調査に赴いた村で、いにしえの悲劇の封印をほどき、現代の失踪事件を解決する。本格民俗学ミステリ。

いしいしんじ著
麦ふみクーツェ
坪田譲治文学賞受賞
音楽にとりつかれた祖父と素数にとりつかれた父。少年の人生のでたらめな悲喜劇を貫く圧倒的祝福の音楽、そして麦ふみの音。

豊島ミホ著
青空チェリー
ゆるしてちょうだい、だってあたし18歳。発情期なんでございます…。明るい顔して泣きそな気持ちが切ない、女の子のための短編集。

安岡章太郎著
僕の昭和史
大正天皇崩御から始まる僕の記憶――。同時代を生きた文士が、極めて私的な体験を通して「激動の昭和」を綴る。愛惜の時代史。

司馬遼太郎著
司馬遼太郎が考えたこと 9
―エッセイ 1976.9～1979.4―
'78年8月、日中平和友好条約調印。『翔ぶが如く』を刊行したころの、日本と中国を対比した考察や西域旅行の記録など73篇。

向田和子著
向田邦子の恋文
邦子の急逝から二十年。妹・和子は遺品から、若き姉の〝秘め事〟を知る。邦子の手紙と和子の追想から蘇る、遠い日の恋の素顔。

剣客商売番外編《けんかくしょうばいばんがいへん》　ないしょ　ないしょ

新潮文庫　い－17－19

平成十五年五月十日発行
平成十七年八月十日七刷

著者　池《いけ》波《なみ》正《しょう》太《た》郎《ろう》
発行者　佐藤隆信
発行所　株式会社 新潮社
郵便番号　一六二—八七一一
東京都新宿区矢来町七一
電話 編集部(〇三)三二六六—五四四〇
読者係(〇三)三二六六—五一一一
http://www.shinchosha.co.jp

価格はカバーに表示してあります。

乱丁・落丁本は、ご面倒ですが小社読者係宛ご送付ください。送料小社負担にてお取替えいたします。

印刷・二光印刷株式会社　製本・株式会社植木製本所

ISBN4-10-115749-9 C0193